幻想藏書閣

奇幻基地出版

千年之咒

誓約（下）

THE MALEDICTION TRILOGY
Stolen Songbird

丹妮爾・詹森 著

高瓊宇 譯

Danielle L. Jensen

1 希賽兒

礦坑之旅後我保持低調，擔憂礦產公會成員會洩露我的冒險活動，而流言蜚語將傳入國王耳朵裡。在溜出宮殿到礦坑之前，我並不擔心後果，就算被逮到，還能被處罰什麼？頂多就是加派貼身侍衛，或是找來更厲害的高手盯著我。但悄悄進出皇宮比想像中容易許多。限制人身自由嗎？也是有可能，不過總不會限制到世界末日為止。

我現在多了一些時間沉澱思索，困在憂心忡忡的愁緒裡，才領悟到被人發現對我而言或許沒有大礙，卻會傷及那些遭到波及的無辜。

崔斯坦對我解釋過混血種當前的境遇，之前我一知半解，自從親自和他們同舟共濟過了一夜後才真正體會。堤普和他的同伴讓我深刻感受到當權者幾乎沒有把混血種的性命當成一回事，視人命如草芥，一點小小失誤或罪過就足以讓他們賠上寶貴的生命——這還不說每次踏入礦坑，又要再次面對命在旦夕的危機。我理解到單單考慮要革命，以及萬一革命失敗，他們就要付出多麼巨大的代價。光是以我現在所了解的，閉上眼睛就忍不住想起那些臉龐和姓名……

親眼看到這一切後讓我情願冒險，想要盡全力幫助他們。然而要幫上忙，就需要了解更多，才能適時伸出援手。

這裡的圖書館，我只從遠處看過它的外觀，事實上，我這輩子不曾跨入任何地方的圖書館，完全沒想到裡面如此宏偉、浩瀚，讓人歎為觀止。一排又一排的書架幾乎綿延不絕，有些高聳得深入黑暗，書架頂端幾乎看不清楚。知識浩瀚，我真會迷失在裡面，不知從何處開始著手。幸好圖書館並不是空空蕩蕩的。

我把侍衛留在門口，同艾莉一起走向明亮的光球，一個男子埋首在厚厚的書裡，手中拿著鵝毛筆。聽到腳步聲他一躍而起，我留意到他的鼻梁沾到墨水印漬。

「夫人。」他笨手笨腳地鞠躬行禮，舉手將厚厚的眼鏡推回鼻梁上，鏡框隨即溜下來。

「請問你是這裡的圖書管理員嗎？」我客氣地問。

「第四代的管理員，如果您想知道的話，夫人。」

我不太在意他是第四代或是第四十代，只要他能幫忙找出我所需要的資料都好。

「我想請你協助尋找……呃……」我瞄了艾莉一眼，她正專注地研究架上的藏書。「研究資料。」

「什麼主題，夫人？」

我握著圖書管理員的手，把他拉到書架後方。艾莉似乎樂於留在原地，這樣更好，沒有絕對的必要，我不想把她牽扯進來。「希薇女公爵的預言有書面紀錄嗎？」

他驚訝得睜大眼睛。「沒有，夫人，她不讓別人知道相關的細節，但是國王陛下就在現場——他很清楚預言的內容。」

我皺眉。「跟崩山有關的歷史呢？或是……女巫的事？」

「安諾許卡。」他表情立即變得嚴峻——看來這顯然不是巨魔樂意討論的話題。

「她叫安諾許卡？」我只聽到大家稱呼她「女巫」。

「是的，夫人，她是外地出生的，來自地上島國北方，在亞力士三世國王的宮廷裡備受恩寵，周旋在達官顯貴之間，娛樂大眾。」

我們來到基座前方，上方有個玻璃櫃，管理員拿出那本巨著——《崩山編年史》，並小心翼翼地翻開書頁，中間有很多圖解和插畫，最後終於停在某一頁上面。

「這個就是她。」他指給我看。

我靠過去看個仔細，立即倒抽一口氣。插圖裡的紅髮女目光懾人，藍眸爍亮讓人不敢逼視。

「年齡雖然大了幾歲，但您與她酷似的程度實在不可思議。」管理員口氣帶著驚歎。

「的確。」我低聲吸氣。「告訴我，你叫什麼名字？」

「我是馬丁，夫人。」

「馬丁，你可以把書留給我自行閱讀，你去尋找其他相關資料協助我的研究嗎？」

「我很樂意，夫人。」

他離開之前，將笨重的巨著放在桌子上面供我閱讀。我翻到扉頁，從頭開始閱讀——崩塌的早晨。

就在正午之前，轟隆的雷聲不斷在四周迴盪，足以警告厝勒斯所有的居民大難臨頭、厄運難逃。數以噸計的石頭和岩塊紛如雨下，往山谷滾落。成千上萬的巨魔舉起雙手，運用魔法保護自己的腦袋，這麼做的同時，等於集體創造了一面巨大的盾牌，在石頭遮蔽天空的時候保護整座城市不被壓垮。

我俯首鑽研那些畫得栩栩如生的插圖，看到五官俊美，但神情慌張的巨魔在群山重壓下來的時候，朝天空高舉雙手，其中也有人類，驚恐萬分蜷縮在巨魔腳底下，表情慌張無助。

居民開始按任務編組，有的負責托住石塊，有的挖掘出路，被落石壓死的亡者屍體在街道上腐爛發臭，瘟疫迅速在人類居民中間蔓延開來，加上饑荒和缺乏乾淨的飲水，疫情更是急轉直下。人類逐漸滅絕，唯有備受恩寵的少數人拿到必要的食物而得以存活下去。

一系列的插圖顯示人類面黃肌瘦、衰弱憔悴地跪在地上苦苦哀求；路倒的屍骨暴露在街道上無人理睬。巨魔站在他們之間，兩眼目不轉睛凝視著頭頂上方的石塊，沒時間顧及周遭的人間地獄。想像當時的慘況，我忍不住顫慄：在黑暗中挨飢忍餓，無人憐惜，只因為人類的性命一文不值。

他們花了四個星期才從石頭廢墟當中挖出一條生路，第一位跨出去佇立在陽光底下的是亞力士國王，凡人情婦安諾許卡陪在一旁，正當他轉過身去、預備迎接百姓走向自由的時候，安諾許卡一刀劃開國王的喉嚨，同時吐出邪惡的詛咒，把巨魔困在厝勒斯裡頭。只要她有一口氣在，巨魔們就休想逃出來。大難不死的人類紛紛步入太陽底下，只有巨魔無法跨出落石形成的範圍。

為什麼她要這麼做？因為她目睹人類同胞在厄運當中受苦受難，人命如同草芥，所以挾怨報復嗎？這個理由不合邏輯——因為破壞山嶽，讓兩個種族的人民陷入如此可怕的災難裡的始作俑者正是她自己。是個人恩怨嗎？因為自身的某些遭遇，讓她決定找巨魔報復？從資料上看起來，她是絕代寵妓，備受呵護，生活比皇后更優渥，應該沒動機這麼做。或是亞力士國王做了什麼大惡而惹來如此邪惡的詛咒？

馬丁再次出現，抱了一疊書放在旁邊。「這些書妳可能會有興趣。」他說。

我點點頭，指著牆壁上那些巨幅的肖像畫。「哪個是亞力士國王？」

「亞力士三世嗎？」

「對，安諾許卡殺死的那位。」

馬丁的光球飛向牆上的肖像，一幅一幅搜尋，直到找到為止。我起身走過去，亞力士國王長相英俊，五官剛毅端正，黑髮長及肩膀，俊俏外表底下唯一的缺點是高傲的神情。

「他的兒子薩維二世有一個綽號叫拯救者。」馬丁的光球移向另一幅肖像，那個巨魔表情猙獰，一副看盡人間百態的眼神。「他十六歲時繼承王位，後來設計出一個渠道引入河水，真是天才之舉。沒有魚蝦，厝勒斯不可能存活到現在。」

「薩維二世的後繼者是崔斯坦一世，別名『建造者崔斯坦』。大樹原始的結構就出於他卓越的設計，從此把托住天花板所需的人數降低一半，另外，月洞的構想也是他的傑作之一。」

建造者崔斯坦的臉龐看起來和他父親一樣猙獰可怕。馬丁繼續描述莫庭倪的家族史，我逐漸留意到亞力士國王高傲的表情不斷延續到後代子孫身上，連馬歇爾三世，號稱阿呆馬歇爾，都遺傳到那種自以為了不起的高傲。

「你猜未來的人們會如何稱呼國王陛下？」我抬頭望著崔斯坦父親的肖像，好奇詢問。畫像或許是很久以前的作品，不然就是藝術家擅自做主，發揮天馬行空的想像力，因為畫像裡的苔伯特不是我所認識的大胖子，反而比較像是中年的崔斯坦。

「我沒有臆測的習慣，夫人。」馬丁這般回應，但我發現他的嘴角微微揚起。

我投大胖子苔伯特一票。

我回到書桌前面，翻到有安諾許卡插圖的那一頁。「馬丁，她也在城裡，為什麼要震碎山嶽困住自己？怎麼會拿自己的生命開玩笑？」

「誰也不敢確定原因，夫人。」

「如果她的法力足以震碎山嶽，何不先把自己救出去？為什麼要困在這裡、忍受四個星期的煎熬，直到逃出去以後才詛咒巨魔？」

馬丁聳聳肩膀。「我的天性不喜歡——」

「胡亂猜測。我知道。」我皺著眉頭，她自己還在城裡，卻震碎山嶽，這種做法完全不合邏輯，除非她有自殺的意圖。「巨魔能夠震碎山嶽嗎？」

「只有一位嗎？」他搖搖頭。「不，做不到。」

「如果好幾位聯手呢？」

「如果是這樣的話我想有可能，」我臆測的方向他非常不以為然。「但事實不是這樣，是女巫震碎山嶽，一直等到安全在望的時候，才詛咒我們。」

「咒語類似巨魔的魔法嗎？」我苦惱地搔搔頭髮。「她怎麼可能存活這麼多年？你確定她還活著？」

馬丁的五官擠成一團——顯然被我冒犯了。「巨魔用魔法，人類用巫術，兩者大不相同，我們知道她還活著是因為咒語依然存在。」

「怎麼會呢？」我不死心。

「血魔法，夫人，黑暗的法術。」

「這方面你了解嗎？」

「不多，只知道人類的魔法乃是從祭物流出的鮮血中汲取能量。」

我不解地皺眉。「人類的魔法都是邪惡的嗎？鮮血是法力唯一的來源嗎？」

他清清喉嚨。「不，就我了解——我必須重申一遍，我的知識非常有限——不過血魔法並非常態，大多數的女巫從大自然汲取能量，主要就是四種基本元素。」

「除了詛咒巨魔之外，」我決定打破砂鍋問到底。「女巫的法力還能做些什麼？」

馬丁侷促不安。「女巫的話語能夠影響世界、醫治疾病、說服別人聽命行事。」

我渾身一震。「你說『說服別人聽命行事』是什麼意思？」

他聳聳肩膀。「就是這個意思。」

他的形容聽起來異常熟悉。「說服別人的能力……」是什麼意思？我的確向來能夠說服那些頑固得難以說服的人，不計其數的經驗像卷軸般在腦中開展，我一直認為是因為我意志力超強的關係，但其實不是嗎？我的手掌開始冒汗。

「巨魔魔法的源頭是什麼？」我繼續提問。

「來自第五元素——心靈。」他拍拍自己的胸口。「我們的魔法來自內心，女巫則是大地能量的出水口。」

「你怎麼曉得這麼多的知識？」我問。

馬丁聳聳一邊肩膀。「我們祖先對這些事情非常好奇，卻愚蠢地相信人類魔法對我們沒有威脅性，祖先們將相關的知識一一記錄下來，也把女巫自己寫下的文件收藏起來。」

他指著某一冊書背。「這是女巫的魔法書，安諾許卡逃出厝勒斯以後，在她臥室找到的。」

我膽戰心驚地伸出手去，試著用手指小心地從書堆裡抽出來，有些擔心它會突然爆出火焰而害我燙傷手指頭。以一本五百年前的古書而言，書況保存奇佳，表面銘刻著神祕的符號，封面是某種奇特的皮革，我從來沒見過。

「那是人類的皮膚。」馬丁好心地說明。

碰咚，書掉在地上。

「試著打開看看，夫人。」他說。

我懊惱地從地上撿起那本書，書皮平滑的觸感讓我感到噁心——這不是東西，而是一個人。我拉扯封面的環釦，一開始動作輕輕的，後來稍微出了力，但就是打不開。

馬丁嘆了一口氣。「五百年來無人能開啟它，我還以為妳或許可以……」他再次嘆息。

「或許要女巫才可以，」我說。「我看起來像嗎？」

馬丁笑得很尷尬。

「你知道安諾許卡在哪裡嗎？」我問。

「沒有人知道，夫人。」

「所以任何地方都有可能，她也可能偽裝成任何人？」

「不要問他假設性的問題，希賽兒，馬丁只處理事實和數據。」忽然一個熟悉的聲音切入我和馬丁的談話。

我從椅子裡一躍而起，轉過身去。「崔斯坦！我是說……殿下。」

「殿下。」馬丁彎腰鞠躬，偷瞄的眼神彷彿在擔憂我們會把他的圖書館搞得天翻地覆。「如果可以的話，拜託盡量壓低聲音。」馬丁說完就匆匆離去。

崔斯坦嗤之以鼻地笑了好幾聲，然後使出魔法防止別人竊聽我們的對話，但我看得出來他並不覺得有趣。

「比起礦坑，來這裡應該算有進步。」他終於開口說。

我不安地瞥他一眼，納悶他是否是來這裡找我算帳的。「我覺得自己必須那麼做，感謝你沒有插手制止。」

他揚起眉毛。「我一發現妳去了那裡，既不想小題大作，也不想惹人注意，免得招來更多自己不願意回答的問題，所以除了袖手旁觀，實在不能做什麼。不過妳也太膽大妄為了。我逐漸留意到妳有某種特定的行為模式，讓人神經緊繃、坐立難安。」

「但我安全過關了，」我說。「至少沒有被逮個正著。」

他下巴緊繃。

「有一個公會成員看到我。」我承認。「不過我猜他是支持者。」

崔斯坦僵住不動。「告訴我發生什麼事。」

我將那天的情形仔細說明。說完之後，崔斯坦深思地點頭。「應該不用擔心他去告密。」

「我想也是，」我說。「你知道他是誰嗎？」

「是的。」

麼。

真希望他多透漏一些，但一如往常，崔斯坦口風很緊，若非必要，他不會多說什

氣氛陷入沉默，他似乎有些焦慮，即使是盟友，他似乎依舊不信任我，至少不夠徹底——不像我那麼信任他。

「妳為什麼跑來圖書館，希賽兒？」

我信步走開，回到桌子前面，清清喉嚨。「我被帶來厝勒斯的理由，崔斯坦，就是要實現你阿姨之前宣告的預言。」

「我不確定有人真的相信妳能實現。」崔斯坦正要說下去，但被我打岔。

「噢，他們很相信。」我輕聲說道，想起礦坑底下那些混血種的臉孔。「不是所有的人都像你這麼悲觀。」

我以手肘撐在桌上，看著那本魔法書。「祕訣顯然不是我們在月光下聯結而已，肯定還有其他條件，你阿姨究竟說了什麼？」

他望著我，彷彿我的提問強人所難。

「我有權利知道，不是嗎？」

「好吧，就是一首詩，預言向來如此，請不要問原因，因為我也不知道。」

我聳聳肩膀。「我喜歡詩。」

眼珠湛藍，髮如火焰，是你實現願望的關鍵，

天籟美音，意志堅定，迫使邪惡女巫俯首稱臣。
至死聯結，必定突圍，日月聽我們發號施令。
暗夜王子，白晝之女，聯結為一，必戮巫女。
他們同時吸入第一口氣，女巫奄奄一息，懊悔莫及。
唯有二人聯手，咒語必見終集。

崔斯坦很快地朗誦一遍。
「以詩詞的體裁而言不算優美，含意卻很清楚。」他說。
字面意思聽起來頗清晰。破除詛咒的條件似乎不只是聯結而已。
崔斯坦坐進對面椅子裡，沉思地咬著指甲。「妳有想到什麼嗎？」
我們單獨坐在圖書館裡，他似乎顯得有點緊張。
我凝神思索，不太喜歡自己唯一想到的做法。
「我們必須找出她的下落，把她殺了。」我還是說出口。
崔斯坦伸手揉揉眼睛。「妳以為我們沒試過嗎？」
「我怎麼知道你們有或沒有做過什麼事，」我冷不防地反駁，氣他為了這種瑣事和我爭執。「又沒有人告訴我。」
「那我現在就跟妳說。崩塌多年以後，人類避開厝勒斯就像迴避瘟疫一樣，考量他們曾遭遇過的事，這種反應是人之常情，最後是貪婪吸引他們回頭。」

「黃金嗎？」我問。

「永垂不朽的黃金。厝勒斯有無窮盡的財富，卻沒有食物。第一批人循路回來的時候，妳想薩維會要求這個嗎？不，他的第一目標是尋找女巫的下落。只要有人找到女巫屍骨，就有數不盡的榮華富貴任君享受。從此之後有不計其數長相酷似的婦女慘遭殺戮，可惜都不是本尊。厝勒斯的人民飢腸轆轆、瀕臨絕境，國王的重心卻放在追殺仇人。直到他自己的儲藏室逐漸被搬空，這才轉而運用豐富的資源建立糧食貿易制度，人們還用拯救者的美名來歌頌他。」

「如果有找到她的機會，那時就是了。安諾許卡的長相眾所周知，不過她所造成的結果，也有一些人欣然贊同。」他拍拍我面前的書。「這些不是故事的全貌——連一半的事實都不到，有些慘不忍睹的事情，任何國王都不願留下紀錄，因為一旦記入歷史，就不可能被人們拋在腦後。」

「例如什麼？」

「例如讓人類啃食同胞，而巨魔的貴族卻在皇宮大飽口福；把人類當成老鼠送進迷宮裡面，只要他們找到出路就賜與財富；屠殺人類的嬰孩，把母親當乳牛看待，用來餵養巨魔的小孩。等到人類都逃之夭夭以後，又在混血種婦女身上重施故技。」

我舉手制止他說下去，這些話聽得我瞠目結舌、噁心得喘不過氣來。事實殘酷得不可思議，然而只要看一眼歷來諸王的肖像，從他們臉上的表情判斷，並不難想像他們會頒布這些命令。

「可惜人類記憶短暫，」崔斯坦說道。「不久就忘記了巨魔貴族的暴行，但也可能是貪婪的心勝過恐懼，欣然同意為了黃金繼續獵殺女巫，他們後來發現顯然無法透過長相和特徵來尋找本尊，轉而找上其他也會巫術的女性。」

「開始審判女巫？」他的話立刻引起我的關注。每隔幾年至少會發生一次類似的審判，在我十歲的時候，就有一群暴民橫掃蒼鷹谷，四處搜尋特別善用草藥或是預知氣候變化的婦女，所謂的審判根本名實不符，因為暴民所指控的女子各個都被放火燒死。

崔斯坦點點頭。「幾百年來數以千計的婦女慘遭屠殺，究竟為了什麼？我們仍是困在洞穴裡的老鼠，她卻還活得好好的，或許還天天笑口常開、嘲弄我們每下愈況的困境。我的父親猶不死心，明知道是白費力氣，依舊派人到處搜尋，就像拿著大槌在穿針引線，根本浪費時間。」

「這不是浪費時間，」我大聲爭辯。「你阿姨告訴我，預言一定會實現。」

他焦慮的情緒竄升到高點。「不要說了，希賽兒，我要妳忘掉這件事。」

「你是哪裡不對勁？」我質問。

「夠了，」他吼叫地跳起來。「別再追究下去！」

這時我才領悟他在欺騙我。

「你不是認為咒語無法破解，」我一把扣住他的手臂。「而是根本不想要破解，即便你當上國王，結果都一樣！」

「如果妳用一點大腦思考，就會感謝我的用心！」他猛然轉過身去，害我差點摔出椅子。

「你若給我一半的機會，或許我會更感謝，」我揉搓僵硬的手指。「但你似乎執意誤導我，為什麼不試著告訴我事實，至少就這麼一次，如果你可以的話。」

他畏縮了一下，安靜半晌之後終於開口。「希賽兒，妳想想，我的先祖不只統治厝勒斯，疆界遍及光之島和島國西半部，妳真的認為如果重獲自由，我的人民會以目前的疆域為滿足嗎？」

「我不認為過去的歷史能夠支配未來發生的一切，」我說。「不是必然。」

「我不認同，」崔斯坦冷淡地說。「如果妳再仔細想想，或許會改變態度。」他的手朝桌子一揮，最上方三本自動滑向旁邊，露出底下大部頭的厚書。「提供我們過去的征服史給妳當消遣。」他逕自轉身走出去。

我勉為其難地翻開，舉起燈筒照明以便閱讀，但才看幾頁就後悔了。崩塌前幾百年，巨魔南征北討、兵力所向無敵，統治的疆域遠遠跨過島國沿岸，海外諸國不是俯首稱臣就是進貢送禮，要不淪為奴隸，不然就死於刀下。一個巨魔就能消滅上百名人類，而國王的軍隊至少就有上千位巨魔。書中的插圖鉅細靡遺呈現出過往的征服紀錄，殘暴程度讓人一看就覺得反胃想吐。

一旦巨魔得救，就會發生這樣的後果嗎？苔伯特國王麾下或許只是往日軍力的部分翻版，但是人類軍隊面對足以炸開岩塊和擊碎鋼鐵的魔法不就像是以卵擊石、不堪一擊？崔亞諾的攝政王也不會甘心就此放棄權力——肯定會命令大軍出動以對抗巨魔，直到最後慘敗才會學到教訓。而我看不出苔伯特國王是那種會憐憫敵軍的國王——何況我哥哥也在其中。

恐怖的血腥景象閃過眼前，我用力吞嚥口水。

如果是崔斯坦當國王呢？他會確保和平，因為他不像他的父親，也不像其他的國王。再者，我所認識的巨魔大多不是邪惡的、立志掌控的侵略者。當混血種在對抗壓榨他們的貴族，有些純種巨魔也有相同的立場，過去的歷史不一定會捲土重來。

我起身撫平裙子的皺紋，突然被魔法書吸住目光，看著它思索半晌。巨魔擁有魔法和氣力，可以震碎山嶽，但把他們困在厝勒斯、永遠出不去的卻是人類。

是啊，人類也有魔法，我不抓住機會學習就是傻瓜。

我拿起那本書，封皮奇特的觸感依舊令人憎惡。

「你能給我什麼答案？」

我自言自語、仔細打量書裡那些奇怪的字體。或許是北方文字，那裡是女巫的家鄉。

我再次檢視釦環，還是找不到鉤子或按鈕。又拉又扯，依舊文風不動。

「見鬼！」我詛咒。「打開啊！」我使勁一拉、手指一滑，環釦劃破了手指頭，好痛。

喀答。

魔法書從手中滑落，碰一聲掉在桌上，書頁敞開。

我扭頭去看，確定四下無人，這才開啟照明燈。

文字看起來跟封面上的一致，筆跡清秀整齊，頁面上文字密密麻麻，還有小小的插畫，我看得一頭霧水，好奇地翻到另一頁。

突然天旋地轉，我閉上眼睛，專心控制反胃的感覺，當我再次睜開雙眼，忍不住驚叫一聲，字意竟變得清晰無比，彷彿那是我的母語。

「愛情靈藥。」我大聲朗誦，成分是一些從來沒聽過名字的植物和藥草，唯一知道的是馬尿。只要在紅酒裡面加三滴，遞給相中的男士，午夜十二點是藥效最強的時候。

「好噁心。」我忍不住說。再翻到前一頁是「生疔長瘡篇」，真卑鄙。

我把書頁翻來翻去，卻越看越失望，都是一些微不足道、內容瑣碎的咒語——只有傻氣的鄉下姑娘會用來增加魅力或羞辱情敵，完全無關人生大事，例如震碎山嶽、詛咒妖怪，或是長生不老的靈丹妙藥。

唯一看起來有用的咒語是治療，但是從頁面使用的耗損程度判斷，治療的醫術不是安諾許卡感興趣的重點。

咒語越來越陰暗惡毒，一頁又一頁的處方不是咒語，而是如何煉製毒藥，用來加重痛楚，或者致人於死。有些則是讓人墮胎或流產——大概是女巫自用或用在被害人身上。

從這裡開始，在儀式中獻祭，殺雞、宰羊、殺牛不一而足——似乎越是困難惡毒的咒語，越需要大量的祭物。

巨魔篇。

才剛看到令我眼睛一亮的標題，背後突然有人按住我的肩。

2 希賽兒

「看到什麼有趣的東西？」

我扭過身去、抬頭望著艾莉，她似乎對這本魔法書的來歷一無所悉。

「是啊，正看得入迷。」我試著保持平穩的語氣，不想被巨魔發現我開啟了安諾許卡的日記——以我最近的運勢而論，可能還沒讀完就被他們沒收了。「不過有趣歸有趣，可惜沒有太大的幫助。」

「噢。」她垂頭喪氣、肩膀垮下，這模樣讓我深感內疚。

艾莉和其他的混血種都對我寄予厚望，截至目前為止，我沒有任何表現能夠證明自己的價值，但我至少努力不懈，不像他們的領導人崔斯坦那般消極。幸好沒有人知悉他對破除咒語的真實看法——萬一被發現，一定群起攻擊、棄他而去，我不能讓這種事發生。

「如果答案在書裡，歷世歷代的學者早就發現了。」我輕聲說道。「現在，我至少了解……事件的始末。」

艾莉點頭以對。「我們該回去了，今晚您要和國王共進晚宴。」

我扮鬼臉。「應該說是看他狼吞虎嚥。」

艾莉呵呵笑，隨即伸手捂著嘴巴。「有時候您說起話來真是無所顧忌。」

我聳聳肩膀。「用愚蠢來形容更貼切，不過妳說得對，我們該走了。」

趁她轉身的時候，我把安諾許卡的魔法書塞進衣服的口袋。

「我閱讀的時候，妳在忙什麼？」我隨口問道。

女孩嘴角揚起，淺淺一笑。「圖書管理員馬丁忙完以後，就開始示範他是如何幫所有的圖書編目記錄。」

聽起來無趣得很，但我閉上嘴巴，不妄加批評，看著她充滿渴望地用手指頭畫過每一本書的書背。

「混血種可以在圖書館工作嗎？」我問。

「如果所謂的工作指的是清潔掃地。」她斜看我一眼，我微微點頭表示理解，可是坦白說，我的注意力全在口袋，感覺魔法書燙得幾乎要燒起來，難以想像五百年來它拒絕敞開，直到觸及我的血，環釦才就此鬆開，以及那引人入勝的章節——巨魔篇。

我盡可能在不致引人注目的情況下，加快腳步穿過厝勒斯的街道，甚至沒有抬頭看月洞一眼，像往常那樣為漫漫長夜哀怨愁煩。一回到寢室，更是直接走進更衣間，確信唯有躲在這裡才能安心翻閱，不必擔憂被人撞見。

坐在椅子裡，我從口袋掏出魔法書，輕輕咬破指尖，讓血滴在環釦上，喀答一聲環釦自動鬆開，我將書頁翻到先前停駐的地方。

> 內容全是血魔法，邊緣留白的地方有一些小字註記：大地的能量對那些不屬它兒女的生物毫無影響，任何疾病、瘟疫或毒藥一概傷不了他們。

動物的鮮血或人類的法力一樣鞭長莫及，唯有巨魔的血有效，有時候一丁點就夠了，有時要大量。不知道安諾許卡的巨魔血從何處而來，巨魔不可能自告奮勇捐血，讓她用來對付自己的同胞，但我隨即領悟或許這些符咒不是為她自己，而是應其他巨魔的要求。

我閉上雙眼，試著回想安諾許卡的身世和來歷。

她是絕代寵妓，換言之，就是價碼不斐的娼妓。有一個閉鎖的符咒，可以切斷巨魔夫妻之間的聯結關係——這種符咒對她的敵人來說顯然非常有利，讓巨魔對配偶不忠，又不致引起懷疑。還有其他涉及欺騙、偷窺別人想法、影響情緒好壞等等的符咒。最邪惡的咒語是謀殺：

> 殺死巨魔最簡單的方法就是斷開他的魔法……只要一品脫的巨魔血和鐵質摻在一起就大功告成。

把混合液潑向另一位巨魔，就能阻擋他的魔法，直到將混合液洗乾淨為止。因此下手要快，不然就會錯失良機，安諾許卡建議，因為巨魔力大無窮，動作又快得出奇，失去魔法只能暫時分散他們的注意力。

翻到最後一頁，心跳突然頓了一下。

詛咒篇。

這裡的筆跡異常扭曲，紊亂得難以辨認，有些地方沾到水漬，墨跡往外暈開，主要在描述她印象中來自家鄉的傳說，有四個詞彙分別畫了底線，力道大得差點戳破紙張，包括死亡、慾望和真實姓名。

這些詞彙讓人摸不著頭腦，死亡——以亞力士國王為例——似乎符合邏輯，她顯然知道國王的名字。可是慾望呢？指的是對她的慾望嗎？或是安諾許卡自己想加害巨魔的慾望？或是其他的東西？完全不得而知。這些筆記不像前幾篇那般明確，她沒有詳加註記要用什麼咒文讓詛咒產生效力，也沒有說明效力能持續多久，更沒有關於震碎山嶽的詛咒。看到這裡，我不只沒有找到解答，反而產生更多的疑問。

「您身體不舒服嗎，夫人？」艾莉站在門外詢問。

「沒事！」我大聲嚷嚷，把魔法書塞進抽屜，起身走出更衣間，等稍後有空再找更好的藏書地點。

「藍色或紅色？」艾莉高舉手上的兩件禮服。

「藍的。」這是崔斯坦最喜歡的顏色，雖然他不見得會出席晚宴，喜不喜歡我的穿著都沒有關係。

我們今天在圖書館起爭執不是演戲，他真的不想破除詛咒，我可以理解他的論點——擔憂巨魔在世界上興風作浪，再次奴役人類。不過這樣的想法讓我非常吃驚，沒想到他把人類福祉放在自己百姓的需要之上，更詫異的是現在的自己竟抱持不同的看法。在我最初抵達這裡之時，覺得巨魔邪惡又可怕——有些的確如此——但現在發現大多數的巨魔不是這樣：混血種想推翻壓榨奴隸的貴族階層，有些純種巨魔也像礦產公會那位成員一樣另有想法，為了少數人的利益把大多數當成俘虜凌虐顯然……違背正義。一旦現任國王駕崩，再也無法傷害任何人的時候，情勢就會反轉。

然而崔斯坦並不是傻瓜，他看事情的角度大不相同，是什麼原因讓他認定歷史必然重演？我的想法真的過度樂觀，就像天真的傻瓜，不過總有解決的辦法吧。

例如不能違背的誓言。

靈機一動浮現的念頭讓我精神為之一振。巨魔必須言而有信，無法違背誓言，有沒有可能要求他們發誓重獲自由之後，絕對不和人類暴力相向呢？在我看來，這種條件交換相當公平，只不過誓詞的內容要審慎研究才行，最終應該可以找到適用的方案吧？

「都準備好了。」艾莉退開一步，一語把我驚醒。

我站起來，衝動地環住女孩，給她一個擁抱。「我會繼續努力的。」我輕聲低語。

「謝謝。」她低聲回應，緊緊相擁。「我對您有信心。」

至少有人相信，我心想，匆匆穿過皇宮來到國王專屬的餐廳。

「陛下，」我深深屈膝施禮。「閣下。」

室內只有國王、皇后及女公爵三人及十幾名僕人。

萊莎捧著酒壺站在國王後方，一臉漠然。而崔斯坦如我所料，果然不見人影。

「妳遲到了。」國王嘴裡含著一大口食物，表情不悅地說。

「對不起。」我趕緊坐進平常的位子裡。「謝謝您等我來了才開飯。」

女公爵開心地咯咯笑，美酒從杯緣溢了出來。「貪吃的人整日狼吞虎嚥，好色之徒終夜放蕩。邪惡的人不會把時間浪費在禮貌的等待。」

國王突然停止狼吞虎嚥，兇狠地瞪大雙眼看向我。「崔斯坦在哪裡？」

「我怎麼知道？」我揮手示意僕人多給一份雞肉。「他來來去去，從來不會事先告知去向。」我像是吃了熊心豹子膽地回話——安諾許卡的魔法書讓我看見巨魔的弱點，他們對我來說似乎不再舉世無敵。

國王放下刀叉，推開餐盤，雖然食物依舊堆得滿滿的。我突然覺得雙手冰冷，硬是靠著意志力嚥下口中的雞肉。

「我已經受夠你們兩個的相處模式。」他的身體往後靠，椅子吱嘎作響。「在大庭廣眾之下吵吵鬧鬧，完全不顧及你們的行為代表這個家族，更不在乎這對我的形象有何影響。」

我強迫自己將食物咀嚼嚥下去，然後才開口回答。「每次爭吵都不是我挑唆的，陛下。非常對不起，或許您的批評和指教應該針對自己的兒子才是。」

女公爵從皇后肩膀後面瞥了我一眼，目光陰沉，似是對我把箭頭轉向她的外甥深表不滿。

國王忽地哈哈大笑。「或許吧，但他不在場，不是嗎？告訴我，希賽兒，妳認為他一心和妳作對的原因是什麼？」

我猶豫不決，考慮要裝傻，但隨即改變心意——他會知道我說謊。

「因為我是人類，陛下，他討厭我們。」我屏息以對，看他緩緩地搖頭。

「這都是藉口，希賽兒，妳被帶來這裡有一個目的——當妳興之所至在我的城市裡的每一處閒逛，並追求這一位，」他指著女公爵。「絞盡腦汁想出來的荒誕課程時，似乎忘了妳來到這裡一開始的初衷。」他喝了一大口酒，隔著杯緣打量著我。萊莎傾身從他肩膀後面倒酒。「親愛的，在人類裡妳算是有姣好的美貌，不管崔斯坦如何推拒，但他終究是個血氣方剛、十七歲的大男孩，妳明白嗎？」

「是的。」我低聲呢喃似地回應。

「好極了。」他說。「如果我沒看到妳有所改善，不只會取消妳所有的奢華享受，還會把妳關進籠子裡動彈不得。」

我的叉子從指間滑落，噹啷一聲掉進盤子裡。

「任由妳骯髒腐爛發臭，」他繼續說下去。「直到妳明白為什麼沒有任何活口膽敢違背我。」他勾起嘴角、微微一笑。「現在妳可以滾了。」

我推開座椅，匆促離開，不想讓他看到我臉色發白，虛張聲勢的假象老早消失無蹤。我必須趕緊回去翻安諾許卡的魔法書，及早知道如何能夠斷開巨魔魔法的符咒。我必須快點學會。

「我恨他！」我大聲宣布。「他貪吃、生性邪惡、恐怖又殘酷，真希望他被魚骨頭噎死。」

艾莉停止撢灰塵，柔依從衣櫃探出頭來看個究竟。「怎麼了？」

我一屁股坐在沙發上，等候兩姊妹分別坐在沙發兩邊，才用三言兩語簡單解釋國王在宴會時對我說的話。

「噢，他是大壞蛋，」柔依雙眉深鎖，忿忿不平。「威脅您並不公平——這又不是您的錯，是王子殿下……」她攤開雙手。「我不知道，他是故意和您唱反調？」

我謹慎地微微點頭，據我所知，她們不曉得我們玩兩手策略——以為我們的爭吵是真的。這一切太錯綜複雜、令人費解，但我還是保持沉默得好。

挫折感大得讓人頭痛欲裂。「我不知道該怎麼做。」這些倒是真心話。

女孩們關心地對看一眼，柔依拿出梳子梳理我的頭髮，姊姊坐下來幫忙銼光我那已經完美無缺的指甲，雖然沒有安慰的擁抱——她們被訓練出來的習慣根深蒂固，不敢僭越僕人身分，做出無禮的舉動——但流露出的情感是一樣的，這讓我更加渴望莎賓的陪伴。

「我想您別無選擇，」艾莉說道，把銼刀換成拋光片。「必須遵守國王的命令——

我們都一樣。」

「要怎麼遵守？」我繃緊下顎。「又不能逼崔斯坦對我好。」這麼做會危及他蓄意偽裝憎恨人類的假面具。

「對，」艾莉說道。「您不能。但您可以表現得非常努力，為自己爭取時間。」

「妳有什麼建議？」我問，她們笑盈盈的表情讓人忐忑不安。

「我們可以把衣服領口放低，」她說。「然後縮小尺碼，讓貼身的地方更緊身。」

「聽說有些香水有催情作用，我可以進城買一些回來，同時放出風聲說買主是您。謠言必像燎原的野火，閒話最終會傳入國王耳裡。」

「這些聽起來都好丟人。」我垂頭喪氣。

艾莉聳聳肩膀。「丟臉總比被關進籠子好。」

這句話說得有理。於是我認命地試穿一件又一件的禮服，她們忙碌地插針、捲摺、修改，但我心裡想的是，這些不是解決之道，我不想爭取時間——我要採取行動，叫崔斯坦現在就推翻他邪惡的老爸，而不是一年後再說。安諾許卡的魔法書或許就是催化過程的關鍵，只要我能找到付之實現的方法。但要這麼做，我必須拿到最重要的成分：巨魔的血。

但這不是唾手可得的東西。

「太緊嗎？」柔依口含著銀針問道，我發現自己眉頭深鎖，立刻強迫自己放鬆，趕緊搖搖頭。她繼續工作，我回頭思索。

馬克是最好的人選，但他必然會追問原因，我沒有把握他不會告訴崔斯坦。雙胞胎亦然，就算他們喜歡我，不過依舊是崔斯坦的人馬兼摯友，對他無比忠誠。我低頭看著柔依和艾莉，她們神情緊繃、專注工作，她們是我的朋友，但她們效忠的對象還是崔斯坦，這一點無庸置疑，她們不會給我任何可能用來對抗王子殿下的東西。再者，我也不敢確定混血種的血液是否會影響符咒的效果，因此提普和他的手下都在排除之列。

考量所有的可能性後，最終的關鍵都回到崔斯坦身上，看來只能跟他開口索求，但我直覺他不會順利答應，他喜歡掌控情勢，而我卻總是我行我素，這讓他非常頭痛。他既不可能給我更多權利，也不夠信任我，最終可能只會把魔法書拿走，這樣我的籌碼就沒有了。

衣服緊得我連嘆氣都有困難。如果崔斯坦能夠給我機會證明我是值得信任的，而且忠貞不二，或許會願意相信我想掌握安諾許卡的魔法是為了助他一臂之力，而不是要傷害他。真希望他能夠了解我對他絕無惡意，而且是非常關心，更願意盡己所能，竭心盡力來幫助他，因為我……

我咬住嘴唇，推開那個想法。他不需知道那件事。

我伸手摀著嘴巴故意打呵欠，再一臉歉然望著忙碌的女僕。

「累了一天，」我說。「我想上床睡了。」

等她們離開，屋裡只剩我一個人，我悄悄從更衣間拿出魔法書。黑暗中，書的封面摸起來更是邪惡又恐怖，爬回床上開燈後忍不住鬆了一口氣。我用毛毯撐起一個屏蔽的帳篷——以防有人偷窺——才把書頁翻開到最後面，慢慢詳閱，嘴巴不停地蠕動，喃喃背誦陌生的文字，對我來說這種事像家常便飯——背誦外國歌劇的歌詞已經訓練有素，成了習慣。

感覺是命運讓圖書管理員找出這本書，經過五百年漫長的歲月，由我來開啟它。或許崔斯坦說得對，我們不該破除詛咒，但我從安諾許卡留下的筆記汲取知識還是有所幫助，至少可以對付國王。

第一步要先說服崔斯坦答應幫忙，要這麼做必須引誘他回房，我的視線轉向掛在衣櫃外面剛修改過的禮服。

或許，我心想。或許這件禮服可以派上用場。

3 希賽兒

「呃，我真佩服妳把他氣成那樣。」

崔斯坦的嗓音把我從熟睡中喚醒。即便藏好魔法書以後，我依然熬到深夜，為的是想要找到和崔斯坦獨處的機會，但我還是忍不住睡意先睡著了，現在他終於來了。

我揉揉惺忪的睡眼，他的光球懸在床邊，明亮得讓人連連眨眼睛，一個念頭飛閃而過——他站在旁邊看我睡了多久？

「不是我的錯，在我進去之前他已經在發脾氣了。你整個晚上不見人影，究竟去了哪裡？」

「如果有人問起，就說我在房裡睡覺。」他說道，轉身要走。

「我知道規矩，」我說。「只是不認為這麼做有什麼意義，陛下知道你在躲我，認為你被憎恨人類的情緒干擾，而不願意嘗試破解詛咒。」

「就算這樣也比採用替代方案好。」他極力避免和我目光交會，忙著翻閱桌上的文件，困窘的感覺頓時在我的腦中浮現。他很難瞞得住我。

「的確。」我同意，只是不明白為什麼替代方案——也就是被國王發現他不想破解詛咒——讓他如此尷尬。我蹙眉思索，回想剛剛的對話，他的舉止非常奇怪。我把棉被拉高到下巴，看他解開腰間的配劍，小心翼翼放在書桌上面，接著走向衣櫃，脫下外套，細心地將外套掛在衣架上，然後撫平布料的皺紋。他用力扯開領巾，卻摺得整整齊齊地放在架子上。他的黑眼圈非常明顯——缺乏睡眠的後果逐漸浮現。

「你有睡覺嗎？」

「我試過，卻發現床上多了一個女孩。」雖然知道他在開玩笑，還是忍不住有罪惡感。

「你要的話，也可以睡床上。」話一出口，我的臉漲得通紅。「我的意思是，我睡長椅、你睡床上。這樣才合乎邏輯——我比較嬌小，你太高，不適合屈就那個東西，再者，我也休息夠了。」我咬緊牙關、閉上嘴巴，免得繼續語無倫次。

他嘴角揚起。「沒關係，希賽兒，妳可以睡床，我還有其他可以睡覺的地方。」

這不是我要的答案。

氣氛沉默下來，變得有點難為情。他顯然很緊張，害我跟著手足無措，我揪著毛毯一摺再摺變成小小一塊。趕快找話說啊！我命令自己，可是心裡想到的盡是傻氣和無聊的話題。

「聽說父親建議妳用美人計引誘我。」他突兀地脫口而出，說得非常倉促，「顯然認為我會抵擋不住。」

「是他高估了我的能力。」我緊張得笑一笑，望著掛在角落的禮服。「或許你阿姨可以安排我上課受訓，改善技巧來提高成功的機率。」

「妳不需要上課。」他忽地應道，懸在上方的光球突然大放光明，他抬頭看了我一眼，含糊嘟囔。「我是說妳不……我不知道自己在說什麼，整夜沒睡覺，請妳忘記我說的話，我只是來換衣服，很快就離開。」

我們兩個都在胡言亂語，實在很窘。

他一一解開衣服鈕釦，手指頭映在牆上形成小小的影子，接著脫下襯衫披在椅背，好讓女僕拿去清洗。我凝視他赤裸的背，隨著他探手到衣櫃拿出乾淨的襯衫，結實的肌肉上下起伏，一股灼熱的暖意緩緩擴及全身，應該不是他多給了我一條毛毯的關係。他似乎是察覺了我的思緒，猛地渾身一僵。我緊緊閉上雙眼，等著他說出挖苦的話，笑我竟像傻瓜一樣仰慕他。

他卻默不作聲，過了半晌，燈光熄滅，我沒有恢復自信和奇想，反而渾身不自在，還有點尷尬，黑暗中傳來布料窸窣和開關衣櫥的聲音，我試著移開注意力，想蟲子、想死妖，甚至尿壺，任何能夠讓我不去想像眼前這個美男子寬衣解帶的畫面都好。應該是我誘惑他，怎麼反了過來。

忽然，碰地一聲，無庸置疑是巨魔撞到家具了。

「該死！」他低聲咒罵。

「崔斯坦？」我聽到他的呼吸聲，感受到他的憂慮。

燃。

「嗯？」

「房間那麼黑，你看得到？」

他莞爾一笑。「看我剛撞到桌子，就知道不行。我又不是蝙蝠。」他的燈重新點燃。

我難為情地把臉埋進枕頭裡。「拜託忘掉我說的話。」我嘀咕著。他經過床邊往門口走。「等等，你要去哪裡？」

「我有事情要處理。」

「跟樹有關？」

他靜默半晌。「妳怎麼知道樹的事情？」

「那是你苦心計畫的魔法，用來……」他臉上驟然出現的警告表情讓我自動閉上嘴巴，不過若要他信任我，我們需要多花點時間相處培養。「可以帶我去看嗎？」

他咬住下唇、深思地打量著我。「我們最好還是遵守陛下的命令。」

「只有傻瓜才敢違背。」我倉促下床，抓起修改過的禮服從頭頂套上。「走吧。」

❦

「在哪裡？」我匆忙跟上他那雙長腿的步伐，在巷子裡東張西望。

黎明的晨光從上方小洞口斜射而下，即使只有些微亮光，也有安心的作用，至少驅除我那種長夜漫漫、永無止境的苦惱。

「很快就到了，不過我要先徵詢皮耶的意見。」他猶豫了一下，伸手幫我扣上斗篷。「衣服這麼暴露，妳會著涼。」

我輕聲嘆了一口氣，走上一排樓梯，小小的房子擁擠不堪，滿屋都是灰塵，需要撣一撣。

「早安，皮耶！」一進門崔斯坦就大叫。「從昨天到現在有動靜嗎？」

「跟墳墓一樣寂靜無聲。」高八度的嗓音嚷嚷地回應，不久，一個跛腳巨魔飛進來，坐在凳子上，底下有輪子滑行。他奇瘦無比，背部扭曲、成奇特的S型。最慘的是，他似乎沒有雙足，少了輪椅和魔法，我很懷疑他能夠走路。

「本來可以很安靜，」他繼續說道，輪子停住滾動。「如果昨天晚上阿傻和阿呆爵士沒有突發奇想，決定在我房子外面舉行丟石頭比賽的話。」

崔斯坦嘆了一口氣，看向我的眼神彷彿做錯事的人是我。「我會找他們談一下。」

「哈！」皮耶雙手一攤。「他們只會做怪，想出一些怪招來擾人安寧。或許下次他們其中一位會做好事，拿大石頭把另一位砸死，這樣就皆大歡喜了。不過，陪您來的這一位是誰呢？」

「這是……我是說，這位是我的……希賽兒。」

「您的意思是，這位是您的妻子，希賽兒夫人？」長得奇形怪狀的巨魔嘖嘖作聲，搖頭晃腦，細框眼鏡溜到鼻梁上，被他心不在焉地推回去，繼續盯著我不放。

「聽說她美若天仙，但百聞不如一見，有人應該詩興大發，作詩歌詠她的美貌，以讓後代傳唱。」

我害臊地伸手讓他親吻我的手背，他用那粗糙變形的手掌溫暖地拍拍我的手。

「年輕人就是缺少浪漫的品味。」他對我眨眨眼睛，我被逗得咯咯笑。

崔斯坦咳了一聲。「皮耶負責監控大地的活動。」他朝房間揮揮手，光球大放光明，照著桌上的器具和圖表。

「我不知道地板會移動。」我邊說著，邊走過去查看牆上的圖表，下方註明日期，上方是水平線，移動型態不甚規律，圖表上寫了一大堆數字和註解，我看了半天還是一頭霧水。

「啊，大地移動不曾停歇。」皮耶說道，誇張地揮揮手，幾十顆五顏六色、光彩奪目的玻璃球飄在半空中，繞著中央的黃色大球旋轉。

「太陽，」皮耶解釋，黃色大球閃閃發亮。「行星和月亮。」

我目不轉睛、著迷地看著每顆玻璃球隨著他的指名而發光。

「這裡，是我們的地球。」皮耶才說完，藍色球旋即一亮。「永遠在轉動，不停地轉動，但是這位年輕的崔斯坦殿下擔心它突然這樣動。」藍色球隨著皮耶的話語忽然劇烈地震動。

「地震。」我低聲呢喃，抬頭一看，想像頭頂的石塊承受著巨大的重量。

「沒錯，夫人。」皮耶回答，五彩繽紛的玻璃球輕輕掉回桌上。

我顫抖地拉緊斗篷裹住身體。地震常常發生，有時輕微，有時大得讓人站都站不穩，房屋穀倉都會劇烈地搖晃，讓我以為會垮掉。我本來就害怕地震——只要稍有理性的人都會擔憂——想到地震，意味著大半個山頭的石塊會在頭頂晃動，這讓我對地震的恐懼又提升到另一層。

「不必擔心，希賽兒。」崔斯坦冷靜地站在角落，突然開口道。「我這輩子或我父親的一生當中不曾有一顆石頭落在頭上。」

「我不怕……不是非常怕……」看他翻白眼，我隨即更正。這該死的聯結，什麼都瞞不過他。從他身上散發出來的自信趕不走我的恐懼，他沒說石頭永遠不掉，只是說很久沒發生，意味著這種意外不無可能，我又沒有巨魔的魔法保護腦袋不被石頭砸中。

概念清楚之後，我再次查看圖表。

「這條線，」我說。「表示移動嗎？」皮耶點點頭，我描著線條，注意上升的日期，很多回憶都烙印在腦海裡。「記得那一次我家的穀倉差點倒塌。」我呢喃著，手指輕觸那一點。記得當時我和家人們慌慌張張地把動物趕出穀倉。

往前追溯三十年的那個點，是圖表的最高點，如果我沒看錯的話。

「你們有更久以前的紀錄嗎？」

「我的圖表可以往前追溯近五個世紀，夫人。這是古老的手藝，跟厝勒斯的崩塌大有關係。」皮耶的凳子滑過地板，從櫃子裡掏出另一張圖表，平鋪在桌上。

「崔斯坦，你父親幾歲？」我提問，最高點看起來怵目驚心，我的心跳頓時一震。

崔斯坦清清喉嚨。「四十三。」

高峰在五十年前。「當時發生了什麼事？」

崔斯坦聳聳肩膀，感覺頗為不安。「我們現在有萬全的準備。」

「石塊崩塌？」我追問。「他們擋不住嗎？」

「當時是深夜，」崔斯坦答道。「部分的城市陷落——穿越迷宮之後就是那裡。」

我臉色發白，想起隧道兩旁的廢墟和石塊。「有人傷亡嗎？」

「損失四百三十六條人命，他們都是在睡夢中來不及逃命而喪生。」

我無法控制地顫抖。他們甚至來不及看到災難來臨。

「人生還有更慘的死法。」崔斯坦咕噥。

氣氛靜得有點尷尬，最後皮耶打破沉默。「或許您該帶她去看樹，感覺會好一些。」

「我很懷疑。」我嘀咕著。

崔斯坦微微一笑。「有點信心，希賽兒。」

離開皮耶的小屋子時，皮耶在背後嚷嚷地喊道，「如果崔斯坦讓您覺得很無聊，記得來看看我，夫人！」

我轉身對他揮揮手，再匆忙追上崔斯坦的腳步。

一群孩子嘻嘻哈哈地抱著書本經過，看到我們時異口同聲地打招呼。「早安，殿下，夫人。」同時朝我投來好奇的目光。

「他們要去哪裡？」他們滑稽的動作令我不覺莞爾。

「學校。」崔斯坦說道。「我們從這裡開始。」

他停在馬路中央，旁邊是一道圓形的矮牆。

我回頭望著那群孩子，有男有女，消失在宏偉的建築物裡。「真的嗎？女孩也去？」

「真的，」崔斯坦說道，有點心不在焉。「直到十歲為止，才開始學習各自行業的知識。看這裡，希賽兒，這裡就是樹，至少是其中一部分。」

我充滿嚮往，回頭再看了孩子們一眼。轉身時發現崔斯坦站在牆邊，前方一片空白。

「在哪裡？」我望著圓環問道，除了石頭什麼都沒有。

「這裡。」他抓住我的手往前拉，立刻被一股暖流包圍，我猛力將手抽回。

「好像有摸到東西，但是看不見。」我望著空氣，試著尋找一點蛛絲馬跡的光芒。我的手伸進魔法裡，盡量舉得高高的，甚至墊起腳尖，依然抓不到眼前的東西。

「我想就人類的能力而言，妳是看不見的。」

「只有巨魔可以？」

「用『看見』來形容不夠精確——主要是憑感覺，而我又比多數人敏銳，因為這裡的魔法大多由我主導。」

「噢。」真有點失望，我還以為十分宏偉，令人歎為觀止，結果只能把手伸進去，感受魔法的溫暖。「我在礦坑裡看得到魔法的梁柱，全部大放光明。」

他皺眉地鬆開我的手，指關節霹啪作響。「好主意。」他伸手觸碰魔法，立刻爆出銀光。

「天哪。」我讚歎地呢喃，看著光線筆直成束往上竄升，觸及頂端的石頭，往外綻放變成弧形，像蒼穹一樣，一束一束點燃，整個城市閃閃發光，上方的石頭就像皇宮天花板一樣被穩穩托住，不過範圍大很多。

我仰起頭，幾乎肅然起敬地轉著圈圈欣賞，直到孩童的尖叫聲傳入耳中。

孩子們從學校蜂擁而出，圍著我們繞圈圈，一遍又一遍地大喊。「燈光秀！燈光秀！」

崔斯坦哈哈大笑，光束突然爆開，顏色千變萬化，像放煙火一樣，繽紛的魔法如雨灑下，接著幻化成各種虛構的生物，在空中翱翔，再猛然竄下繞著孩童飛舞。這逗得孩子們興奮尖叫、又笑又跳、四處閃躲，歡呼著要求崔斯坦再來一遍。他們也用魔法跟著變出會飛的小動物，追逐崔斯坦變出的金色火龍，它繞過頭來吞掉孩子們的玩物。

崔斯坦炫耀地對著這一群小小觀眾一鞠躬，回頭看著明亮的光柱，手指一彈，光樹就此熄滅，我跟其他小朋友一起拍手叫好。

「太棒了，」我說。「燦爛奪目，叫人讚歎。」

他咧嘴而笑，深深一鞠躬，示意孩子們回去上課。

「雕蟲小技、小小娛樂一下，不是很費力。」他面帶驕傲地說。

「有誰不喜歡呢？」我再次伸手輕觸魔法，探入支柱深處。「好奇怪，」我問道。「為什麼手伸得進去，還能托住這麼重的石頭？」

「它能分辨兩者的差異。」

「分辨？」我皺眉。「它是活的嗎？」

崔斯坦眉頭深鎖，思考要怎麼解釋比較好，我突然領悟這是我第一次看到他真實的一面，不用演戲隱藏真正的情緒，也不是無心的甜言蜜語。撤下偽裝的冷酷，這個年輕王子不拘小節，任由孩童拉衣服扯袖子，這種目無尊長的舉動因為出於天真的孩童，他也不計較。

「不能說它是活的，」崔斯坦終於開口。「而是聽我指揮，我要它托住石頭，但容許溪水和其餘的一切穿過，因為我，所以魔法知道其中的差別。」

「原來如此，」我說。「那你怎麼做？」

「主要是補充能量。」他不自覺地伸手扶我，察覺後又立刻縮回手。「魔法會衰退。」看到我困惑不解，他補充。「樹身經常需要添加動能，碰到地層移動的現象，還需要做調整，確保載重量分布均衡，這些雜事最消耗時間。」

「這是你每天的任務？」我問道，照護這麼一棵龐然大樹，似乎不像擠牛奶、餵豬食那般單調乏味，卻也不是一個人獨自負荷得過來的。

「每一天。」崔斯坦說。

「別人不能嗎？」

他蹙眉。「可以，不過這是國王的責任。」

「你又不是國王，」我反駁，目前不是，「你父親為什麼不負責？」

「因為他信任我。」透過聯結，我可以感受到崔斯坦為此深感驕傲。「從我十五歲開始——是有史以來承擔這個任務最年輕的一位。真的非常光榮。」

我慎重其事地點點頭，雖然在我看來，苔伯特國王如此授權很可能是因為懶惰，不想每天拖著胖腿肥屁股走遍大半個城市，而不是因為信任的緣故。

「會很困難嗎？」

「不難，就是勞累。」他示意我跟著他穿過另一條街，附近一個人影都沒有。「我要用極大部分的能量去維持，碰到需要調整的時候，還得仰賴承造公會的協助——附帶說明，那是我的公會，但是很少發生。」

「我不是問那個。」

他停住腳步回頭看我。「那是問什麼？」

「我在想，」我躊躇不決。「百姓的生命仰賴你魔法支撐，這種責任是不是太沉重了些，你是否擔心類似的大地震再度襲擊此地。」

他繼續往前走。「我不能阻止地層移動，只能做好萬全準備以防萬一。」

左右張望確定沒有路人，我匆匆趕上去、縮短距離。「你沒有回答我的問題。」

街道四周只有瀑布的水聲。他終於說了。「我以前常做惡夢，夢到石頭崩塌，醒來的時候深信會聽到石頭如雨落下、轟隆隆的聲音。不過現在不會了。」

「那現在會夢到什麼呢？」我追問，希望了解他想法的渴望就像皮膚發癢一般，不搔不快。

「其他的事情。」崔斯坦的表情難以捉摸，但我感覺到一股燥熱，很像他在屋裡換衣服的時候，當時的暖意流入心裡的感覺。

慾火。這個字在心中盪漾，我的臉頰瞬間滾燙。

「被路克綁架的那天，我正要離家去崔亞諾和母親團圓，」我脫口而出，迫不及待地想要改變話題。「我要上台獻唱，畢生的夢想就是……」我中途頓住，預期他會像之前在公開場合那樣嘲諷我一頓，沒想到他只是一臉好奇。

「關於妳的夢想……，然後呢？」他催促。

「踏上全世界最偉大的舞台，引吭高歌，」我說。「不只崔亞諾，還有其他國家，我媽媽……名聲響亮，卻不曾離開崔亞諾，也很少來探望我們。」

「妳的母親和父親分居。」這不是疑問句——他對我的成長背景知之甚詳。

我赧然。「是的，父親年輕的時候，離開農場去城市發展，在那裡認識了媽媽，他們……呃，母親生下了哥哥、姊姊和我。爺爺過世的時候，父親回家照管農場，帶著我們三兄妹。母親不肯離開崔亞諾。」

「她是妳父親的妻子，」崔斯坦義憤填膺。「應該嫁雞隨雞，這是妻子的責任。」

「她不這麼認為。」我說。「再者，這不是責任問題，重點是愛情和親情不足以讓她放棄如日中天的事業。」

「妳認為愛情優於責任？」

我猶豫。「應該視情況而定。」

崔斯坦慢慢搖頭。「我不贊成。像妳母親那種人，顯然愛自己勝過其他人，只會把愛情當擋箭牌，做為辯護的藉口，這樣誰能夠和他們爭辯？唯有責任感，」他伸手指著我。「才能阻止自私的行為盛行不滅。」

「切身之痛的務實態度。」我語帶嘲諷。

他低頭看我。「務實讓人安心。」

「但安心不能保暖。」我繼續反唇相譏。

「至少優於忐忑不安。」

我翻了翻白眼，這種兜圈子似的邏輯令人懊惱，雖然說起來不無道理。我望著地上的石板，想起每當有人提起母親的名字時，父親總是一臉黯然，默然不語。

「他總是成全媽媽的心願。」我沉靜地說。

「但你們兄妹得到的代價又是什麼？」崔斯坦問道。「他顯然很軟弱。」

「才不！」我氣憤地反駁。「父親堅強又善良，唯有對她退讓。我愛我的父親，我很想念他。」我悲從中來，拉緊斗篷裹住身體。「我對母親認識不多，打從小時候，她來探望我們的次數用一隻手就數得出來。」喉嚨縮緊，我拚命眨眼睛阻止眼淚掉下來。「但現在無所謂了。」

「當然有關係。」他低聲說道，就算街上不只有我們，也沒有人聽得到。他放慢腳步，回頭看著我，以眼神傳遞剛才的承諾——而且是不求回報。讓我恢復自由。

我把感激之情充斥心底，然後傳遞過去，相信他感受得到，也希望他了解背後的緣由。或許是因為太專注了，遲了一步發現陽光就照在他前面。

「不！」我驚呼一聲，猛然撲過去，把他撞倒在地。

他一臉錯愕。「妳瘋了？還是這是某種形式的報復？」

陽光近得讓我忐忑不安。「太陽！」

「太陽怎樣？」

「大家都知道巨魔照到陽光會變成石頭。」我解釋道，但崔斯坦的表情讓我開始懷疑「大家都知道」的說法可能是以訛傳訛。

他的驚訝消失，接著仰頭哈哈大笑。這下換成我臉色大變，看他用手指著太陽。

「噢，你們人類的傳言。」他笑到上氣不接下氣，我的臉紅得發燙。

「對不起，」我嘀咕。「這就是相信謠言的後果。」

「不必抱歉。」他微微一笑，害我臉紅心跳。「還有其他神話要讓我知道的嗎？」

我大驚失色、屏住呼吸，發現自己剛剛不雅地撲倒在他懷裡，崔斯坦沒有推開的意思，舉凡我們身體接觸之處炙熱無比：髖部相貼，手臂抵著他結實的胸肌——隨著急促的呼吸而起起伏伏。他的手扶住我的下背，讓我貼緊他的身體。

「呃，」我說。「聽說巨魔最愛黃金。」

「嗯，這是真的。」

「還說他們儲藏了滿山滿谷。」忍不住想到那些混血種的礦工日以繼夜賣命挖掘金屬的辛苦，已經持續了好幾個世紀。

「沒錯，」他笑呵呵。「我同時也發現自己有收藏口袋鬆脫的線頭和廢紙的習慣。」我竊笑。「鄉野傳說沒有提到這個部分。」

他嘆了一口氣。「看來那些故事錯得離譜，或許我應該著手編纂書籍以便澄清那些荒謬的誤解，還是乾脆另外創造新的故事？」

「例如有尖銳的獠牙？」我問道，故意橫眉豎眼看著他。

「或許再加上收藏人類的骨頭。」他接著說。

我哈哈大笑。「這個已經有了——傳說巨魔把小孩丟進鍋裡烹煮。」

他扮鬼臉。「這個傳說起源於大崩塌之後——背後的緣由不難理解。」

我臉色發白。「是真的？」

「非常時期只能採取非常的手段。」他嚴肅的表情和我感受到的逗趣相互矛盾。

「你真可怕。」我咕噥，思索了一分鐘。「傳聞還包括接受巨魔的黃金必定要付出難以承受的代價，不只麻煩上身，還會悔不當初。」

「沒錯，如果那人生性貪婪，後果更是慘不忍睹。還有其他的嗎？」

我猶豫了一下，他皺起眉頭。「嗯？」

「聽說，」我終於開口。「巨魔長得很醜陋。」

他別開目光，頰邊貼在地上，凝視距離不到幾吋遠的牆壁。「在人類眼中，我們很多都是醜八怪。」

我想到了馬克，他從一開始就對我非常仁慈。

「他們不是醜八怪。」我咬住嘴唇，試著找出正確的形容詞。「比較像是美麗的東西不幸有所破損。」

崔斯坦轉過來面對我，眼神充滿悲傷，相同的情緒也同時浮現在心底。

「你為什麼總是怏怏不樂？」我問。

「大概是因為我們天生認定邪惡的東西總是帶著醜陋的面孔。」他對我的問題置之不理。「美麗則等同於善良美好，一旦發現事實不符的時候，就像信任遭到背叛，違反事物的準則。」

「你認為巨魔都是邪惡的？」我問。

「妳呢？」他凝視我的眼睛，彷彿其中有答案。

「不，」我說。「我不認為。」

他輕輕吐了一口氣，伸手撫摸我的臉頰。「從妳嘴巴說出來，我幾乎相信是真的。」

我倒抽一口氣，期待他親吻觸碰的渴望非常強烈，我彷彿被另一個個體掌控了所有的思緒一樣，或許真的是這樣，或許這就是他。他的渴望就像是我自己的，那一瞬間，個別思緒的界線蕩然無存，很難分區哪一項感情是他的、哪一項屬於我，不過這都無所謂，因為我們渴望的是相同的東西。

「希賽兒，」他低語，手指纏住我的髮絲，將我臉龐拉過去。「我……」

「這樣有礙觀瞻，崔斯坦，尤其是對你而言，這種行為太粗鄙。」背後傳來嘲諷的語氣。

崔斯坦震驚的反應和我如出一轍，我忙著起身撫平裙擺的皺摺，他僅僅彎起手臂枕著後腦，腳踝交叉站立。

「午安，公爵大人。希賽兒，這位是安哥雷米公爵。」崔斯坦立刻恢復冷靜地替我們兩人相互介紹。

「我沒興趣認識你的新寵物，崔斯坦。」公爵傾身靠著黃金手把的拐杖。「只想知道你們為什麼躲在陰影底下卿卿我我。」

「我養過一隻老鼠，」崔斯坦說道。「藏在衣櫃的紙箱裡，餵牠吃乳酪和麵包屑，直到某一天，女僕無意間脫口而出而被母親發現了，她當然不在乎，但是父親知道了便把老鼠抓走，同時告訴我：『崔斯坦，如果你要養寵物，也應該由我來挑選，而且肯定不是老鼠。』」崔斯坦微微一笑。「既然父親下了命令，唯有聽從一途，這樣對我最有利。」

「我很清楚是你父親決定把你和這東西綁在一起。」公爵的語氣冷若冰霜。「也知道你竭盡所能地抗拒——很不幸地，當時還被迫聽你說了一大串反對的理由。」他笑了。「但你依舊沒有回答我的問題。」

一陣懊惱傳入心底，這感受安哥雷米當然不會知道。

「說起來很好笑，」崔斯坦嘲弄地說。「如果你有一絲幽默感，肯定會明白我的話，安哥雷米。」

「試著說說看就知道。」

「我邊走邊聽這個女孩聊一些她認為非常重要的話題，然後她突然莫名其妙推了我一把，害我差點摔倒。」

「大家的確都想這麼做。」公爵說道。

崔斯坦扮了扮鬼臉。「這麼說太難聽了。總之，我問她為何突如其來使用暴力，發現她竟然有一些誤解——相信巨魔暴露在陽光底下會變成石頭的謠言。」

他指著已移向一旁的陽光。「這個親愛的小東西認為自己救了我一命。」

「你有什麼理由讓她願意這麼做？」

「我也反問自己相同的問題。」崔斯坦站起身來。

「有得到結論嗎？」

崔斯坦舉起雙手，聳聳肩膀。「就是老掉牙的故事，人類女孩被美麗、權力和財富所迷惑，情不自禁對我們投懷送抱，無論遭到怎樣的利用或虐待，還是一再回來渴求更多，就像忠心的老狗一樣。」他得意地微笑。「你認為這一位會不一樣嗎？」

過去崔斯坦說這些話時心裡帶著罪惡感，因此我並不在意，但這回我只感受到強烈的憎惡和敵意。我試著解讀他的說法——理性思考自己是否和那些女孩有所不同——卻做不到。

他對我的確態度不佳，而我剛剛做的正是投懷送抱，主動撲向他。我這才發現自己有多麼可悲，理性告訴我這是一場戲，我必須配合他演出。

「這就是你對我的看法？像一條狗？是可憐兮兮的小寵物，任由你拍頭或踢踹，端看你高興與否？」我佯裝發怒地說。

崔斯坦哈哈大笑。「當然不太一樣，至少沒聽到妳學狗叫。」

這句話太過分了。

我摑了崔斯坦一巴掌，力道大得掌心灼熱、手臂痠疼，但這痛的滋味很甜美。我舉手想要再打，卻被他扣住手腕，動作快得讓人眼花撩亂，足以使我明白如果他想要阻擋，在第一次的掌摑前就能攔住那一掌。

「狗咬你，」公爵幸災樂禍地說。「就把牠宰了。」

崔斯坦把我拉到一邊，擋在我和公爵中間。「你很希望是這樣，對吧？公爵大人。殺了她，好讓我連帶陪葬？這樣我弟弟——你的被監護人——就可以繼承王位，然後再過沒多久我父親就會意外死亡，讓你可以一手掌控厝勒斯，就算名義上不是國王？」

「你別血口噴人，孩子。」公爵嘶聲說道。「我必須承認，在這麼多人裡面只有你敢指控我有叛國之嫌，未免諷刺了點。」他白皙的手指戳向崔斯坦的胸膛。「我知道你的真面目，王子殿下，知道你真正的立場所在，只要等我找到證據，你的末日就來了。」

「看來你可能要找很久，公爵閣下。」崔斯坦語氣冷淡，但我可以察覺他心底翻騰的怒火、憤怒以及……恐懼。

「或許吧！」公爵的目光轉到我身上，微笑地繼續說。「告訴我，崔斯坦，你的小寵物對你和安蕾絲之間藕斷絲連的戀情有什麼看法？或是她恨你入骨，根本不在乎？」

我蹣跚地倒退一步，血液冷得像冰。「你說什麼藕斷絲連？」

「噢，妳不知道嗎？」安哥雷米皺皺鼻子。「你以為他夜夜不歸都去了哪裡，女孩？根據我的經驗，男人躲開溫暖的床鋪肯定是投向另一張床。」

「崔斯坦，他在說什麼？」我問道，但他迴避我的眼神，羞愧和憤恨交錯在一起滲入腦海裡。

「你不敢否認吧，孩子？」

崔斯坦雙手握拳，但沒有反駁安哥雷米的指控。背叛的傷痛椎心刺骨地湧入。我信任他，將個人命運交在他手中，認定他的所作所為終究會讓我得回自由，沒想到這段時間他是溜出去和另一個女孩私會。更慘的是，我以為他在乎我——就算是因處境所迫而必須演戲——他也希望事情能夠有所不同。他是要我的。

我拉起裙擺，拔腿就跑，靴子在石頭地上發出喀喀的聲響，手裡的燈光上下晃動，隨著我穿梭在蜿蜒的巷子裡。我沿著山谷往上奔跑，直到瀑布附近，水花濺溼了我的衣裳，我站在那裡凝視著瀑布垂落的洞口——惡鬼鍋——這裡果然是地獄。傷心像澆熄火焰的冷水，潑滅了我的怒火，我握緊拳頭抵住疼痛的胸口，最可悲的是，我知道這是自己造成的。是我太傻，竟蠢得去關心、去在乎崔斯坦，更笨的是我竟然還期待他對我有同樣的感受。

閉上雙眸佇立在瀑布前方，心中期待著某人叫我往後退，返回監獄般的皇宮裡。但隨後領悟過來——附近沒有其他人。我猛然睜開眼睛，思索眼前的處境，崔斯坦支開貼身保鑣，他們不敢反對——畢竟王子比他們更有能力掌控我，他們怎麼敢有意見？但是崔斯坦留在原地沒有追上來，如果有脫身的機會，現在就是了。

我深吸一口氣讓緊繃的情緒平靜下來，望著那道通往大門的石階和過去之後的陰暗黑影，冷汗滑下背脊。轉身望著底下的山谷，巨魔的城市發著光，那裡沒有留戀之處，然而如果能夠順利通過……我想到奶奶和其他的家人、想到莎賓、想到寬闊的鄉間和草地、想起熱熱的陽光照在臉上，和自由自在的甜美。抉擇的結果顯而易見。

我鼓起勇氣迅速採取行動，摸索地爬上樓梯，抵達狹窄的平台，靠近冰冷的柵欄，我伸手在頭髮中摸索，拔出辮子裡的髮夾。

「拜託，千萬要成功。」我跪下來自言自語，將髮夾插入鎖孔，轉來轉去，期待聽見「答」的一聲。

文風不動。

「拜託，拜託，拜託，」我喃喃複誦，再試一遍。

依然沒聲沒息。

回頭望著城市，其實心中有些期待有追兵爬上台階，跑上來阻止我逃走，結果並沒有。這裡不像溪水路的鐵門，有巨魔衛兵在防守，這個入口什麼都沒有——迷宮不需要防守，其中隱含的危機就會讓人主動打退堂鼓。

我咬緊牙關，不死心地再次將髮夾插進鎖孔，閉上雙眼，憑著感覺摸索撥弄。這時候，喀一聲，門鎖開了。

4 崔斯坦

垂頭喪氣靠著牆壁，不顧石頭頂住背脊，我逕自把頭埋在手裡，感覺一切分崩離析——安哥雷米沒有把握的話，不會公然語出威脅。他是冷酷無情的惡魔，不是愚蠢的笨蛋，以他的為人，不必久候就會掀開底牌，用詭計把希賽兒拖下水。透過精心盤算，只要利大於弊，他無庸置疑地會違背父親頒布的法律，最有可能的策略就是以希賽兒的性命為要脅，逼我透漏計畫，不然就等著看她丟掉生命，再讓我跟著陪葬。或者，只要他認為希賽兒知道內情，大可綁架她，無所不用其極地折磨她，直到她招供為止。以前我或許能夠袖手旁觀——為了顧及大局，忍心看著無辜女孩丟掉性命。但我現在做不到。

寧願犧牲一切只求救她一命。

耳裡傳來腳步聲，我抬頭看見馬克匆匆跑來，立刻豎起魔法牆垣當作屏障。

「該死，這是怎麼一回事？」馬克問道。「我剛看見安哥雷米喜孜孜地走過去，彷彿拿到藏寶室的鑰匙一樣。」

我悶頭瞪著腳尖。「比較像皇冠到手。他看見我和希賽兒在一起。」

「那又如何？」馬克反駁。「誰能期待你永遠躲著她不打照面。」

「在一種曖昧的處境。」我補充說明。

「哦！」馬克語氣溫柔下來。「原來如此。」

「他發現了，馬克，」我說。「他本來就懷疑我的立場，現在找到著力點，相信我，他不會放過希賽兒的。」

「萬一他真的下手？」馬克擔心地問道。

我用力嚥了下口水，抬頭望著表哥，也是我最信賴的摯友，就算如此，有些祕密他也被蒙在鼓裡。

「我沒想過會發生這種事，」我懇求諒解。「也沒想到自己會在乎……」我中途停頓。「對不起。」

「不要抱歉，」馬克回答。「倘若你不在乎她的死活，就不是我所認定的那種人。」

「不僅是這樣。」我委婉地承認我對希賽兒的感覺。

馬克莞爾一笑。「噢，我明白了。相信我，我是過來人。現在，她去哪裡了？」

我伸手搔頭髮。「跑走了。安哥雷米告訴她我和安蕾絲有私情。」

「你沒有。」

「我知道！」挫折感讓我氣極敗壞地回應。「但我不能當著安哥雷米的面否認。」

「呃，你現在趕快去找希賽兒，告訴她實情！」

我抬起頭，望向北方的瀑布，她的痛苦像磁鐵似地呼應著我。她一定是拔腿狂奔，毫不停頓，才會一下子就跑得這麼遠。

太遠了。

我錯愕地跳起來。

「怎麼了？發生什麼事？」馬克警覺地問——他對希賽兒頗有好感，且以過來人的身分，最能了解萬一她死掉，後果會如何。

我心慌意亂，世界突然天旋地轉。

「她在迷宮裡。」

5 希賽兒

我猛力拉開大門，一走進去便立刻把門鎖好，然後拔腿跑向曲折蜿蜒的通道。現在僅有的希望是速度。

恐懼不再，決心盎然，我相信巨魔追不上來。瀑布嘩啦的水聲顯得遙遠而模糊，只剩下靴子喀喀和急促的喘息聲。

這一段旅程是最容易的，就是厝勒斯之前廢棄的街道，路面光滑，走起來輕鬆不費力，可是一旦到了迷宮，那就截然不同。眼見狹窄的隧道出現在前方，入口黑漆漆的，充滿未知的凶險，我既鬆了一口氣，同時戒慎恐懼。

我四肢著地，舉燈往裡面照，光線所能觸及到的距離不夠遠，很難讓人安心。我咬住嘴唇，想起馬克提到的死妖，說牠們既不靈巧狡猾，也不懂得悄悄偷襲——只要豎起耳朵，總會聽見牠們靠近的聲音。我做個深呼吸，屏氣凝神，仔細聆聽，只聽見自己怦怦的心跳聲，沒有那種「唰唰、唰唰」大事不妙的拖曳聲，想當然耳就不會有死妖亡命的追捕。

我在冰冷的石頭上席地而坐，小心翼翼將燈光放在腿上，再次仔細傾聽：聽我的心、聽我的理性——隨便啦，不管什麼稱呼，就是聆聽崔斯坦的情緒回應，試著推測他的下一步。

絕望。

崔斯坦沒有如我預期的那般，立刻通知守衛追蹤我的去向，心如刀割的感覺又浮上來，我拱起膝蓋靠著胸口，試圖排開那種心痛。他不會來的，失望驅逐了期待，我強迫自己接納真相，承認自己好希望他追上來。他為什麼不趁機把我丟在迷宮裡面？逃走和死亡，結果其實一樣——他都可以就此擺脫我這個惹人嫌惡的凡人，自由自在地和安蕾絲雙宿雙飛，指稱他阿姨的預言是胡言亂語，不值得當真。

恐懼。

這是理所當然的反應，崔斯坦任由我逃走，不受保密咒的約束，國王知道的話一定勃然大怒，然而當他們領悟我只想遠遠逃開、忘記這裡的一切，不會尋求報復的時候，他的怒氣自然會消失。我只想離開這裡，讓時間抹滅關於厝勒斯和相關人等的記憶，最重要的是忘掉崔斯坦的存在。

痛苦。

這種感覺一點都不稀奇。

「我不在乎，」我喃喃自語。「我不要再作繭自縛。」

我用牙齒咬住燈光的把手，肚子著地，匍匐地爬進隧道裡。

6
崔斯坦

「怎麼會？」馬克質問。「那裡上了鎖，唯一的鑰匙在我這裡。」

「她會撬鎖。」我想起我們聯結的那一晚在走廊的巧遇。

「我們必須去追她。」馬克轉身要跑，被我拉住手臂，這是我的直覺。如此決定正確嗎？

「等等。」我猶豫道。

馬克焦急地詛咒。「你說等等是什麼意思？現在去追，至少可以在東窗事發之前趕上。」他睜大眼睛，突然領悟過來。「你不是真的要讓她試試看吧？她手無寸鐵，穿著禮服和高跟鞋，可能會絆倒然後跌斷脖子。」

我畏縮了一下，隨即恢復冷靜。「她穿的是靴子，而且她也不是那種傻里傻氣、只會應門的女僕——她個性堅強、聰明伶俐，一定可以的。」

馬克把我推向牆壁。「你瘋了嗎？迷宮害死了多少人，連我們自己都不見得能夠存活，何況她是一個人類女孩。」

「迷宮不會比這裡更致命。」我嘲諷地說。

我閉上眼睛傾聽與感受，希賽兒的恐懼讓我手腳冰冷，我滿心渴望追上去，把她帶回來好好呵護。但是……

「這是她僅有的機會，馬克，可以逃離厝勒斯和我的糾纏，如果我前去阻止，只會讓她更恨我。」

「你確定？」

我不確定，三心二意地糾結不已，可是別無良方。如果橫加阻撓，不只希賽兒會因此恨我，安哥雷米也不會輕易放她一命；但如果讓她繼續深入迷宮，她隨時都可能遭遇任何形式的危險。不過若逃亡成功，她就安全了。

我咬緊牙關，強迫自己席地而坐，以靜制動，眼前沒有更好的方案，不論結果是什麼，唯有一件事確定不變。

我即將失去她。

7 希賽兒

不必擔心追兵威脅，讓我得以好整以暇，用稍微緩慢、安全的速度前進。石頭磨得我雙手破皮、膝蓋瘀青，但我仍然奮力前進。就算崔斯坦沒有派人來追，艾莉和柔依終究會發現，前面還有一段遙遠的路途，若不小心，巨魔隨時會追上我。

來到交叉口，我蹣跚起身查看路標，有些刻痕因為有水流過，許多已經看不清楚，唯獨我當初跟隨著路克時所做的記號還留存著。我跪坐在後腳跟上，抓緊手中的燈，滑下溼溜溜的石塊，一屁股坐進深度及腰的水窪裡。

我詛咒著，在低矮的天花板底下低著頭涉水前進，水勢越來越大，最後深及下巴，我從沒想過不能循著路線出去的問題，真是傻瓜——馬克已經說過迷宮一直在變，我變成泅水前進，幸好燈光不受泡水影響，這時我才看到坑道泡水的原因，前方滿是石頭——原來洞穴塌了。

我心慌意亂地往後退，望著上方的石塊，似乎相當堅固，前面被擋住，只能另謀出路。我又涉水回去，爬上大石頭，衡量眼前的選項。

兩個方案：一是回頭，二是往上走、轉向右邊。我拒絕考慮第一項，已經撐到這裡，怎能輕言放棄。但在往右的刻痕旁邊有很多充滿惡兆的弧線，意味著死妖曾經出現過。

即使水冷如冰，我卻全身發熱——揮不去白色死妖人立在眼前的那幅影像，牠劇毒的螯針像鞭子一樣急射而出。我舉燈照向前方，光線跟著我的手一起顫抖，我閉上眼睛側耳傾聽。

沉寂。

恐懼。

這些感受來自於崔斯坦和我自己。他的畏懼則是更加明顯，顯然是我失蹤的事情被發現了，他即將面對勃然大怒的父親。

現在巨魔隨時會追上來，我必須加快速度。

往右的坑道越走越寬敞，走起來容易很多，但這也意味著死妖可能出現，我可以聞到牠們。我放輕腳步，減少喘息的機率，牠們是倚賴聲音追捕獵物，上次路克和我大吵大叫才會引來死妖，如果我安靜一點，或許可以神不知鬼不覺地瞞過牠們。從臭味判斷，似乎有一個最近才飽餐一頓，或許暫時不餓，不至於對我窮追不捨。

手貼著溼滑的牆壁穩住腳步，預備面對前方滑溜的下坡路，一手抓著燈，靠著尖銳的石頭辨別方向和支撐，慢慢地一步一步往下走。才跨出第一步，後跟一滑，整個人跌坐在地上。

「別叫！別叫！」我沙啞地低語，努力阻止自己繼續往下跌，但路面過於光滑，手指在滑溜的石頭上完全找不到著力的支撐點，最後撞到大岩石彈向一邊，痛得我不由自主地哭了。現在最重要的是保護照明燈，即便骨折或是瘀青還能想辦法存活，但如果失去照明，那就沒轍了，我絕對逃不出去。

我越滑越快，舉燈照向雙腳之間，只有石頭和無盡的黑暗，突然屁股下方空空蕩蕩，凌空飛入虛無當中，我尖聲大叫、揮舞雙手，試著攀住任何物體，小燈不翼而飛，我駭然以對，驚慌之際聽見物品破碎的聲音，接著隨即跌坐在淺攤裡——除了水，就是黏膩的液體。

四周烏漆抹黑、不見五指，我渾身髒汙、大口喘氣，一股惡臭瞬間撲鼻，驚恐地認出這是死妖的排泄物。我以手指摸索，碰到一副骸骨漂浮在水窪裡，嚇得哇哇呻吟。心情稍微平復後，我繼續漫無目的地搜索，這回我抓到某種冰冷光滑的物體，撈出水面一看，沉甸甸的金屬摸起來很熟悉。是一隻鴨子，純金的鴨子。

天哪，這是路克的遺骸。

我不顧一切地把骯髒的袖子塞進嘴巴以堵住無法壓抑的啜泣。這是死路、是出不去的。碎石如雨一般灑下，我兀然停止哀嚎，屏息凝神，沒有任何動靜。我驚慌地蜷縮在冷水裡，旁邊是動物內臟和路克的枯骨，我茫然沒有方向感，分不清上下左右，四周黑得嚇人。我渾身僵硬，不肯伸手去探索環境，整個人嚇呆了，這不像碰到野狼般的慌張，還能選擇轉頭去抵抗；也不是溺水，溺水還有機會浮到水面上。這裡這麼黑，根本逃不出去，無處可逃、無處可躲，更無法和黑暗對抗，唯一的選項就是坐以待斃。

但一想到要死在水池裡，與動物內臟和笨蛋路克的屍骨為伴，我實在忍不下這口氣。我沒受傷、沒有飢寒交迫，不要放棄，總會有一絲希望的。

我開始移動，在水中搜尋路克的背包——巨魔肯定有給他煤油燈取代被我遺失的工具，相信他背包中一定有打火石才對。手指摸到粗糙的布料，按重量判斷，應該是裝了黃金的麻袋，我在其中摸索，掏出一個又一個的金幣，直到最後空無一物，我不死心、轉向水中摸索，除了金屬和石頭，什麼都沒有。沒有打火石的蹤跡。

「你究竟放在哪裡？」我嘀咕地強迫自己集中注意力，回想第一次看見路克點燃煤油燈。我記得那種看不見、走投無路的絕望，他爬出池子，打火石和金屬擦撞時，水花濺上我的臉，然後又看見了……

我從心中的眼睛看見一道亮光、看到他移動的手——將打火石放進胸前的口袋。

我咬著牙，蹚過混水走向路克的骨骸，勉為其難地碰觸他的屍骨和破爛的布料，隨即渾身僵住——我感受到「他」的存在，就像兩點以絲線相連，其中一點逐漸靠近。

崔斯坦來了。

8 希賽兒

沒時間了，指尖在布料中摸索，心臟狂跳。時間一秒一秒地過去，崔斯坦移動的速度比我快好幾倍，我確信他是率領了國王的人馬來抓我回去。

皮膚忽然觸及某種尖銳的物體，我興奮地拔出刀子，用牙齒咬住。「打火石，打火石，你在哪裡？」我口齒不清、嗯嗯啊啊地自言自語，試圖對抗恐慌。

他快到了。

一顆尖銳的石頭卡在兩根肋骨之間，我飛快地扳起來，不讓自己想像石頭怎麼會嵌在那個地方。崔斯坦相距不遠，再不快點找到光源，他就要追上了。

接下來要找煤油燈。顧及銳利的刀鋒，我試探地拿起打火石摩擦金屬面。沒用。「別像傻瓜一樣。」我罵自己膽小，堅定地相互摩擦。有火星了！我再重複一遍，迅速熄滅的火星不足以幫我找到煤油燈。顯然要靠感覺才行。

我抓緊手中的寶貝，繼續搜尋環境，等我終於抓到煤油燈細長的燈桿時，幾乎要喜極而泣。然而太遲了，遠處傳來靴子的喀喀聲，突然燈光一亮。

「希賽兒？」

我渾身一僵，崔斯坦的嗓音勾起了令人懊惱、五味雜陳的心情。

「希賽兒？妳在哪裡？」

沉默只是拖延時間，我終究無法躲過。

「在這裡。」喉嚨緊繃到聲音沙啞，我咳了一聲，再次嘗試發音。「我在這裡。」

「妳有受傷嗎？」

我搖頭以對，隨即領悟他看不見。

「沒有。」

「我下來了。」

他的大膽讓我忘塵莫及，順著溼滑的石頭一溜而下，停在突出的岩層上面，看來只有一個人。石室瞬間大放光明，我環顧四周，發現如果沒有弄丟照明，要逃出這個黏膩的水池其實很容易。望著通往自由的出口，心情錯綜複雜。我應該要大失所望、氣急敗壞才對，因為自由就在咫尺可及之處，如果準備得更充分、稍微壯起膽子，此時此刻我很可能已在外頭呼吸新鮮空氣。然而另一面——我不願面對的那一面——很高興他來了。

他懊惱地哼了一聲，我抬起頭，發現崔斯坦雙手抱胸，怒目相向。

「因為妳是人類還是因為妳是女人？」

「什麼因為？」我不耐地反問，火氣跟著上揚。

「妳的情緒該死的千變萬化！」他氣沖沖指控。「前一分鐘大喜過望，下一秒很悲傷，然後怒氣沖沖，接著又羞愧不已，即使時時檢視妳的情緒，還是搞不清楚究竟是什麼原因造成妳的這些情緒。」

我雙手環抱，臉色陰沉。

崔斯坦氣惱地攤開雙手。「我甚至不確定妳是要我把妳從這灘爛泥裡救出去，還是不管妳，把妳丟在這裡！」

「拜託，」我反唇相譏。「你又不是來救我——是來阻止我逃走的。再者，我不需要你的協助。」

「噢？」他眉毛拱起，火氣跟著上揚。「所以妳在死妖的糞堆裡打滾是因為這裡的氣味讓妳著迷？在迷宮裡摸黑前進既有趣又刺激？既然這樣，」他氣憤地低語。「我們應該用棉花塞住妳的耳朵，把妳一隻手綁在背後，這樣妳會覺得更有趣！」

我舉起搜索的成果炫耀。「看到了嗎？」

「對，我看到了，」他咄道。「一盞破油燈，煤燈漏得到處都是，還有一個傻女孩即將點燃火苗。」

驀地，我低頭一看，這才發現漏油在池裡形成一條彩虹。

「看來我們兩個都應該慶幸你終於決定要出手阻止。」我根本懶得掩飾心底的怨恨和賭氣。

一股受傷的感覺湧入腦中，我詫異地抬起頭來。

「妳以為我是為了救自己的顏面和腦袋，對嗎？」他大聲質問，別開臉龐不住地搖頭。

我放開破掉的煤油燈。「不然還有什麼？」我問。「出於責任？」我嘲笑地回應。

他扭頭回來看我。「去他的責任。我是為妳而來——因為我擔心妳失敗，擔心妳有三長兩短，一想到這裡我就受不了。」

一聲驚呼傳入耳朵，我模模糊糊地察覺了那是自己不敢置信的叫聲，這些話實在太出人意料，即使還不敢確定背後的原因，他的告白改變了一切。

魔法之繩溫暖地捲住我的腰，輕輕將我從黏液中帶起，放在崔斯坦旁邊，直到雙腳站穩才鬆開。我俯視著差點送命的地方：幽暗的池子微微泛出綠色光芒，就在載浮載沉的白骨和撕碎的布料底下，有一片閃閃發光的黃金。

「那是路克，」我指著下方。「我被販賣的代價。」

崔斯坦沉下臉來。「那是他罪有應得，迷宮通常是貪心者的葬身之地。」

「任何人都不該落到這種下場。」我低語，想像那種全身麻痺，身體被一片片撕裂的感覺，忍不住全身發抖，再次用泡水的斗篷裹住自己。

「他欺騙妳，把妳拐到這裡賣掉，讓妳遠離家人，這跟商人販賣牛肉沒兩樣。」崔斯坦雙手握拳，滿心怒火，我連帶地跟著咬緊牙關。「如果有人該死，無疑就是他。」

看著一度是路克的枯骨，我發現自己很難恨一個死人，不管他生前做了什麼罪大惡極的事情，再者，這樁交易的真相還有另一面。

「究其原由是因為你買了我，就像貴族買牛肉一樣。」我語帶嘲諷地回道。

「不是我！」他眼神激動，銀色的眸子盯著我不放，讓人忍不住顫抖。「我一路抗拒這個安排，我已經說過了。」

「國王給了你選擇，別忘了當時我也在場。」我顫抖地說。「是我親耳聽見你同意的，雖然你滿心希望是她不是我，不是嗎？」

崔斯坦嘆了一口氣，眼中的熾熱散去，疲憊地伸手抹臉，低頭望著閃閃發光的黃金池。「安蕾絲跟我只是朋友關係。」

「噢。」我的聲音有氣無力。

「我們一直都是朋友，僅此而已，未來也是一樣。」崔斯坦說下去。「偽裝是為了給我時間和隱私、有機會跟追隨者碰面討論。」

「噢。」我只能重複道。「還以為在我來之前你和她就是……」看他搖搖頭，我停頓了一下。「你有考慮過嗎？」我問道，大腦一時難以接納他所告訴我的事。

崔斯坦皺眉。「妳真的要繼續追問下去？」

「不。」我迅速說道，伸手壓住額頭。「安蕾絲也是支持者之一？」

「不全然，」崔斯坦說道。「但我還是毫無保留地信任她，問題不在她。安哥雷米才是那些希望保持巨魔血緣正統者的首腦。制止人類與巨魔之間的互動和交流，阻止人類跨入厝勒斯城內，商業行為只限於溪水路路口，他還想清除任何血統不夠純正的巨魔。許久以來他就對我的立場存疑，這不是他第一次利用安蕾絲來對付我。」

他抿著唇苦笑，對公爵的恨意立時刺入腦海裡，我跟著心有戚戚。

「更慘的是，他是我弟弟的監護人。」崔斯坦用力吞嚥。「羅南……精神不正常，有嚴重的暴力傾向，安哥雷米竟然利用羅南的暴力遂行私人目的。」

「你父親為什麼讓安哥雷米照顧他？」我困惑不已。

「起先，這是……協議的條件之一，為了締結聯盟，但我猜最終的原因是父親不希望弟弟像我一樣……」崔斯坦小聲地回答。「所以他就把羅南安置在一個阿姨和我都不會想去拜訪的家庭。」

「安蕾絲的家。」我說。

崔斯坦點頭證實。「這是我得知他部分計畫的原因，安哥雷米以為他可以控制羅南，藉此除掉我，立弟弟繼承厝勒斯的王位。一旦成功，他就會變成實質的國王，只是少了名分。」

「你為什麼不向國王揭發安哥雷米的陰謀？」我質問。

崔斯坦搖搖頭。「苦無證據。安哥雷米也一樣，所以我們陷入僵持，很像恐怖的平衡。」他淡淡地補充。

我有點難過。「而我正好被他利用，對嗎？假如我真的恨你，就不可能在意安蕾絲的存在，偏偏我的反應如他預期，這麼一來就危及所有的計畫。」

崔斯坦扮鬼臉。「對，然而那不是妳的錯，都怪我，沒有事先告訴妳這些，我以為妳一無所知會比較安全，但我錯了。」

我不是一無所知，明知道安哥雷米想置崔斯坦於死地，我卻還相信他的挑撥。

崔斯坦打斷我的沉思。「沒關係，現在我們非常靠近石塊崩落的邊界，我可以帶妳出去。」他猶豫了一下，加了一句。「如果妳希望的話。」

我張開嘴巴，想要一口說好，聲音卻卡在喉嚨口。眼前是他永遠擺脫、甩掉我的好機會，他卻按兵不動，給我選擇的自由，由我自己決定。

「如果不帶我回去，你不會惹上大麻煩嗎？」

「當然會，然而那是我的問題，跟妳無關。」

想到他可能發生不幸，我的心揪成一團，再者這件事是因我的行動而起，更是狠不下心。如果我三思而行、如果我對他有足夠的信任，稍微等一等，不到一年，崔斯坦就能登上王位，我也就可以自由離去。當然啦，他也必須信任我才行。

「妳必須趕緊決定，希賽兒，父親的士兵隨時會追上來，屆時逃脫的希望就付諸流水，過了這一次，很難再有下一個機會。」

抉擇，抉擇。

我閉上眼睛，希望鼓起勇氣掀開底牌，但我擔憂如果讓他知道了我真正的想法，他會嘲笑我。或許這些告白只是殘酷遊戲的一部分，無法分辨真假，但我不能走得不明不白，終此一生讓這份感情懸在心頭。我不懂他為什麼要給我機會離開，一逕在心裡納悶著：或許，只是或許，他希望我留下來。

我可以察覺他懷著濃厚的期待，但這無法幫助我揣摩他想要的答案。

「你希望我怎麼做？」我問。

他搖頭以對。「這要由妳決定。」

「我知道，」我的指甲掐緊石頭。「只是決定之前，我想了解你的感受，還有你對我的感覺。」

他直視我的眼睛，炙熱的眼神令人顫抖。「妳不知道嗎？」

我搖搖頭。

他從口袋掏出一條項鍊遞過來，是媽媽的墜子。

「你沒那麼做。」我驚呼。

崔斯坦搖頭。「妳問我怎麼做最好，是強行結束還是懷抱希望……我贊成懷抱希望。」他望著遠處。「強迫妳的家人相信妳已經離開人世，等於承認失敗——就像還沒打仗就先撤退，放棄再次見到妳的希望。這種事我做不出來。」

我眨眨眼睛，努力忍住淚水。「他們還在找我嗎……或是認為……」

「不是每一天，但他們盡可能抽出時間，在山谷間搜尋，至今都沒有放棄希望。」

「謝謝你。」我低語，舉起項鍊，看著墜子擺動旋轉，反射出崔斯坦的燈光，晶瑩發亮。「你一直放在口袋裡？」

「我總是以奇特的方式反應出自己愛好囤積的傾向。僅有這個東西屬於妳。」他微微一笑——不是那種皮笑肉不笑、虛假的笑容，而是讓人心情一亮的那種微笑。

「我注意到妳抵達的那一天身上就戴著這條項鍊。在妳引吭高歌的第一天晚上，妳站在玻璃花園裡的模樣就像仙子下凡，是人間最美的女孩，也是漫漫長夜的一道火焰。」

「我不是……」我想反駁，隨即住口。崔斯坦不能說謊，他伸出手，把項鍊繫在我脖子上，鍊子感覺很溫暖。

「多數人碰到這種情況老早就放棄了——只會蜷縮在角落裡哀怨地等死，但妳活力充沛地度過每一天，如此頑強樂觀的人真是前所未見。」他動作小心翼翼，像是擔心我會拍掉他的手，幫我撥開黏在臉上、潮溼的髮絡。「我想要妳留下，希賽兒，但又害怕妳留下來，會鬱鬱寡歡。」

我雙腳劇烈顫抖，不得不伸手扶著他的肩膀，否則真會摔下去，破壞這一刻的氣氛。我終於明白巨魔無懼風險、彼此聯結的原因，不只自身感受強烈，對方也能夠體會——那種感覺就像溺了水，也不想力爭上游、浮出水面。

崔斯坦環住我的腰，我心甘情願地任他拉過去，陶醉在這一刻裡。然而肩膀背後突然有某種東西引起他的注意。

他錯愕得睜大眼睛，燈光旋即熄滅。

死妖現身。

崔斯坦猛然把我拉到另一邊，沿著山壁將我往後推，但是遲了一步，某種物體撞了上來，讓他踉蹌倒退，我們同時跌下突出的岩層，掉進黏呼呼的池子裡，巨大衝擊的力道把我肺部空氣往外擠，痛得我大聲尖叫。崔斯坦的魔法一脫離死妖能力抵銷的範圍，光球便重新亮起，足以讓我看清楚那白色龐大的身軀從石塊背後硬擠出來，滑下斜坡朝我們逼近。

吧隆！

「希賽兒！」

崔斯坦把我往後拖，偏偏裙襬被路克的骸骨鉤住，難以動彈，光線再次熄滅，死妖軟厚的軀體跟我撞在一起，把我壓進池底，金塊不規則的邊緣刺入背脊。死妖黏滑的身體貼住我的臉龐，壓在上方，我慌張地揮拳猛打，拳頭陷入怪物柔軟的身軀裡，毫無嚇阻作用。我的肺灼熱難當，恐慌在血管中竄流，無意間抓起一根骨頭，狠狠地插進怪物的表皮。

死妖尖叫一聲，蠕動地扭開身體，突然有兩隻手抓住我的斗篷，拚命地要把我拉上去。我大口喘息，終於吸到寶貴的空氣，崔斯坦的光球模糊地閃爍著，直到我們掙扎地脫離死妖能力範圍外，光線才逐漸明亮起來。

我死盯著死妖不放，看牠蠕動地爬上突出的岩壁，處在那裡，舌頭像鞭子一樣縮放自如。牠的模樣跟花園裡的蛞蝓不相上下，沒有臉也沒有眼睛，不過我敢發誓牠看我們的表情洋洋自得，彷彿貓在戲耍老鼠一樣。

「快一點，希賽兒！」崔斯坦抓住我的手，又拖又拉地穿梭在坑道裡面，但我不時回頭，轉彎之前還看了死妖一眼。

「牠為什麼不攻擊？牠在等什麼？」

「等我死掉。」

我猛然扭頭，這時才發現鮮血沿著他的手往下流，滴在地上。

「不。」我喃喃低語，想起艾莉說的話：死妖的毒液非常致命——即便對我們而言。「你不能死。」

「我無能為力，」他說。「已經回天乏術。」

他表情緊繃，心裡滿是恐懼和傷痛，但我知道他絕不會承認。他認命的言論，讓我憤慨得忘記恐懼和驚慌。巨魔很少幫助傷者，通常就是袖手旁觀，交由命運決定對方是死是活，但我不是他們，我看過村裡聰明的婦人利用天然藥草把傷患從鬼門關拉回來，更重要的，我更親眼目睹父親救過一位被毒蛇咬傷的鄰居，若沒有及時處理，那人不可能活命。

「不要跑。」我把崔斯坦拉住。

「妳瘋了嗎？」他嘶聲抗議。

我捲起他的袖子，露出被咬的傷口，傷口很小，但周圍的皮膚開始紅腫，我從斗篷上撕下一塊布料，緊緊綁住他手肘下方。

「這個就像被蛇咬到，」我低語。「就像被蛇咬到一樣。」

我深吸一口氣，舉起他的手臂湊向嘴唇，用力吸吮，模仿父親的做法，一股淡淡的金屬氣味瀰漫在口中，此外還有毒液的苦澀和臭味。

崔斯坦用力地把手抽回去，表情駭然。「妳想自殺嗎？」我把毒液吐在地上，再次抓住他的手臂。「這是一般做法，就像被蛇咬傷。」我重複好幾次，直到只剩血腥味為止，但紅腫未消。

「刀子。」我命令道。他從靴子抽出小刀遞過來。

「這會痛。」我事先警告，在傷口周圍劃了好幾道刀口，讓血流出來，崔斯坦沒有畏縮，我可以感覺他的疼痛遠比刀傷更嚴重。

「你現在不能動。」我說。「必須等救兵來找我們。」

話一說完，後方隧道就傳來唰、唰的聲音：死妖開始移動，追蹤受傷的獵物。

「我想這個提議不可行。」崔斯坦說道，用手掌按住額頭。他的暈眩和痛苦我幾乎感同身受，趕緊伸手扶著潮溼的牆壁穩住平衡。「或許真的不是好主意。」

「我們必須移動。」崔斯坦說道，不肯直視我的眼睛。「時間不多了。」

⚜

過沒多久，我發現崔斯坦在迷宮迅速移動的祕訣——原來是邊跑邊利用魔法在前方開道，將崎嶇的坑道鋪平，變得如同大理石走廊，溼潤的空氣有如青青草坪；本來要爬上爬下才能通過的石頭堆，他在縫隙之間架設發光的平台當橋梁；連一些要手腳並用、四肢著地才過得去的地方，都有漂浮的光球照亮前方的路。他沒有駐足，甚至沒花時間瞥指標一眼，隧道的地圖似乎因著多年的探索深深鐫刻在腦海裡面，也可能是巨魔一族天生就有這方面的本能。

然而崔斯坦說得對，我們的時間有限。

毒液在他的血管中流竄，緩慢而穩定地讓感官知覺逐漸麻痺，崔斯坦腳步踉蹌的頻率漸次增加，在我呼吸急促之時他幾乎喘不過氣，同時意識開始模糊，似乎搞不清方向。奔跑變成步行、步伐不穩，然後開始跌跌撞撞，最後他整個人癱軟地跪在地上。

「崔斯坦！」我驚呼一聲，扶著他未受傷的手臂環住自己的肩膀，試著拉他起身，卻被他推到一旁，平常溫暖的皮膚現在異常冰涼，觸感黏黏的，雙手顫抖不已。

「這裡，」他朝光球招手，它聽命地飄過來。「拿去。」他說。

「不可以！」我立刻反對，但看到他痛苦的表情，還是伸手出去，指尖探入溫暖的能量裡。奇妙的事發生了，它不像平常那樣飄走，反而定形地跟著我的手指移動。

「帶著它離開。」他低聲交代，頹然無力地靠著我的身體。

我讓他平躺下來，後腦倚著我的大腿。「我不會丟下你給蛞蝓怪物當食物。」我大聲強調，希望虛張聲勢的信心能夠凌駕他能察覺到的，我內心的恐懼。

「妳必須離開，死妖沒找到我們不會善罷干休。」

「來就來，誰怕誰。」

「希賽兒！」他虛弱的語氣帶著強烈的挫折感。「妳留下來毫無意義，舉凡被死妖咬傷的都存活不久——我也撐不下去。妳必須離開迷宮，穿過詛咒的封鎖，離得越遠越好。當我燈光熄滅的時候，距離可以緩和妳的傷痛。」

我忍不住哽咽。「馬克會先找到我們。」

「那更糟。」崔斯坦的聲音虛弱得幾乎聽不見。「我走了，妳來的目的不復存在，父親會殺了妳，而且他不會像死妖這樣讓妳走得痛快。」

他痛苦地呻吟，淚水從我骯髒的臉頰滾下。

「帶著光球，趁妳還有力氣的時候趕快離開。」他奮力地擠出話語。

「我不能丟下你，不能讓那個東西把你活活吃下去。」我低語。「就算要我賠上一條命都可以。」

「真是頑固透頂……」他輕輕嘆息。「那就留到我死了吧，但要答應我，結束的時候妳要找路出去，要活下去。」

感覺他的驚慌和恐懼已經夠艱難，看到臉上那些深刻的紋路更糟，他平常的好鬥和自制逐漸流失，驚恐感取而代之地大幅呈現，但此時他卻只想到我。

「不，」我說。「我不承諾任何事情，那就表示放棄，你不會死，你不會死。」

那一瞬間，崔斯坦的恐懼轉為怒氣。「不應該這樣結束！」

「那就不要這樣！」我低聲吼道。

我從來不曾感覺如此的無助，為什麼我沒有能力幫助他、讓崔斯坦再次康復？

「希賽兒！」他痛苦地翻滾，骨頭相互摩擦著，我不忍地閉上雙眼。死妖的影像在腦中浮現，我卻毫無能力對付，只能任由牠的利牙刺穿我的身體，接著轉向崔斯坦，毒液使我渾身麻痺、無法動彈，卻有足夠的意識目睹怪物撕裂他的臉龐，殘酷的影像令人反胃想吐。

「不，」我低聲呢喃。「不行，不能那樣。」我推開他的袖子，檢查刀子割開的傷口，那裡不只欠缺巨魔平常特有的超自然痊癒的速度，而且還血流不止。我用手壓住傷口，試著緩和失血的速度，紅色液體卻滲出指尖，迅速地染紅了我整隻手。

巨魔的血……血的魔法。

雙手不住地顫抖，我試著回憶安諾許卡的咒語，含糊咕噥著不甚熟悉的字眼，結果一點動靜都沒有。

「拜託！」我努力召集所有的意志力，用意志力來聚集充斥在崔斯坦血液之中那股陌生的能量。

「活下去，活下去，活下去。」我大聲吟誦。忽地揚起一陣風，在坑道中吹送，我的聽力變得越加敏銳，眼睛看得更清晰。「不再流血！」我大叫。接著驚訝地發現崔斯坦的傷口逐漸止血，開口癒合，只剩下白色的疤痕。

我屏息以對。「崔斯坦？」

他雙眸緊閉，疼痛沒有緩解，依舊神智不清，傷口癒合不具任何意義——我沒有能力阻止毒液擴散下去。

走投無路之下，我再一次努力，從四方召喚可用的能量：從膝蓋下的石頭、從肺部汙濁的空氣、從臉上流下的水滴，無所不用其極，感覺全身興奮、能量鼓起，卻是白忙一場，因為它們拒絕接納崔斯坦，他不屬於這個世界。

我溢出揪心的啜泣聲——那一瞬間，感覺指尖似乎掌握了全世界的能量，卻不能幫助他，這一切毫無意義，我無能為力。

我輕輕將光球放在他胸前，希望魔法給他溫暖，這時候我才發現，本來縈繞在手指間銀色樹葉般的圖騰，彷彿罹患枯萎病的葡萄藤一樣，末端逐漸晦暗。

崔斯坦在垂死邊緣。

9 希賽兒

淚水落到崔斯坦臉上，我伸手抹去，露出汙泥底下他蒼白的肌膚。以前不曾真正觸碰過他，現在更發覺或許不會再有下一次的機會。手指順著他下頦剛毅的線條溫柔地游移，直到微凹的下巴，潮溼的頭髮黏在他的額頭上，我為他撥開，他的頭髮感覺像絲一般的柔細。現在的他顯得更加年輕，黝黑的濃眉少掉平常專注的皺眉，細長的睫毛放鬆地貼著臉頰，縈繞在我手指之間銀色的紋路，隨著時間流失變得越來越黯淡。

「對不起。」我低語。

現在懊悔有什麼用？因為我，他即將走上黃泉，冒險進入迷宮只為了救我出去，又把我推出死妖的尖牙之外，讓自己承受襲擊。懊悔的傷痛非常強烈，忍不住大聲呻吟。我為什麼要聽信安哥雷米的挑撥？為什麼看不出來崔斯坦只是在偽裝？為什麼沒有想到如果他和安蕾絲真有曖昧之事，透過聯結不就會發覺了？他跟我一樣排拒婚姻，卻把我的生命擺在一切之上。我毀了他苦心經營的努力，但在我最需要的時刻，他依然挺身而出。我曾要自己在厝勒斯好好活下去，現在不只適得其反，而且慘不忍睹！因為我的緣故，唯一一位願意為我的自由而奮鬥的人即將死去。

吧隆！

那個聲音讓人毛骨悚然。死妖的逼近同時增加我的決心：崔斯坦或許命在旦夕，但一旦被吞進妖怪的肚子裡，就連一點活命的機會就都沒有了。如今擋在他與死亡之間就剩我一個人，我必須盡快想辦法救他。

扛著他逃命絕無可能——他身材幾乎是我的兩倍，就算抬得起來，也不可能跑得比妖怪更快。我將崔斯坦輕輕放在地上，拔出他靴子裡的刀，如果他隨身帶著長劍，或是專門對付死妖的長矛，那該多好；假如我能掌握技巧，運氣好的話，或許可以命中妖怪的小腦。有弓箭在手，當然更可以應付自如，但是這些想法就像逆風吐痰，只會弄髒自己的臉。

我爬了起來，開始探索周圍環境。崔斯坦的火光徘徊在指尖，亦步亦趨，我殺不了死妖，又趕不走牠，只剩躲藏一途，或許可以躲到馬克發現我們。

我小心翼翼地在岩壁間搜尋，避免離崔斯坦太遠，最終發現合適的地方：一道狹小的縫隙，通往另一個洞窟，進出只有一條路，死妖無法從後方襲擊，同時意味著我也出不去，除非巨魔找到我們。如果找得到的話。

我回到崔斯坦身邊，俯身檢查他的呼吸——我依舊察覺得到他的存在，檢查只是為了安心——他的胸膛上下起伏，喉嚨邊有微微的脈搏。

「拜託別離開我。」我對著光球呢喃，鬆手放開它，雙手環抱崔斯坦，緩緩拖往避難所的方向，光球跟在後面。

吧隆！

聲音更加接近，近得足以聽見牠笨重的軀體在石頭上唰唰挪動的噪音，我必須加快速度，但昏迷的崔斯坦沉重又僵硬。

唰——唰——

汗水滑下背脊，滲入早已被汗水浸溼的衣服。恐懼和疲憊促使心臟砰砰狂跳，終於抵達洞口的時候，我忍不住喘了一口大氣。

「加油，希賽兒！」我催促自己。

唰——唰——

嬌小的肩膀輕易滑過入口，崔斯坦卻卡在那裡，我使出全身每一分力氣，費勁地幫他側轉身體，勉強拉了進去。

吧隆！

死妖快追上來了。我用力一拉，兩個人摔進小洞裡，我慌忙將崔斯坦拖到最遠的角落，用斗篷遮住，跪在地上用溼布幫他保暖，輕輕吻一下他的額頭。他的呼吸聲刺耳而急促。即使自己的性命也瀕臨險境，但我更為他擔心。

「拜託撐下去。」我呢喃。「不要離開我，崔斯坦，求求你。如果你聽得見，一定要奮戰，別讓這裡成為我們的結局。」我貼著他的嘴，感覺他雙唇的柔軟。

「我愛你。」我低聲告白。「明知道不應該、不可以，但還是情不自禁。」

吧隆！

死妖猛撞洞口，我嚇得大叫，聲音在岩石上迴盪。轉過身去，駭然看著怪物尖銳的螯針伸入洞口，與我相隔不到一截手臂，我無懼地擋在螯針和崔斯坦中間，雖然沒什麼幫助。

刺針不停揮舞，每回都差一點刺中我。妖怪氣憤地尖叫，我也大叫回敬，心情既生氣又害怕。

「走開！」我大吼。「快滾，你這個骯髒的畜生！」

我撿起一塊石頭，往洞口猛丟，發出溼溼的、沉重的「咚」一聲。我再丟一顆、又一顆，直到洞裡一顆石頭也不剩。我繼續尖叫，把曾經聽過的每一句粗話和咒罵都用在妖怪身上，牠用龐大的身軀撞擊石頭，伸出螯針攻擊，就是搆不著我們。

石頭用完，髒話罵盡，我低頭檢查崔斯坦的生命跡象，這才留意到我和他身上都覆著薄薄的灰塵和碎石礫，我緊張地抬起頭，看著灰塵隨著妖怪的衝撞紛如雨落。死妖一點腦袋都沒有，只知道追捕獵物，根本不管岩石會不會崩塌，大家最後可能一起同歸於盡。

在死妖的騷動之外，傳來了喊叫聲。

「崔斯坦！希賽兒！」

馬克來了。

「這裡！」我大叫。「我們在這裡！」

「找到了，他們在那邊！」

外面有很多聲音，我鬆了一口氣，我們得救了。

巨魔逼近的吼叫聲讓死妖放棄攻擊，但牠沒有撤退的機會，數十支長矛刺入死妖體內，牠發出垂死的哀嚎，幾乎要震破耳膜。我跪在地上，看著死妖倒地翻滾，直到完全沒有動靜，馬克的臉龐出現在洞口。

「希賽兒？」

「馬克，」我嗓音粗嗄，叫到喉嚨沙啞。「崔斯坦受傷了。」

他的目光倏地轉向文風不動的崔斯坦身上，臉色發白。他硬從洞口擠進來，跪在崔斯坦旁邊。

「發生什麼事？」

「死妖刺傷他，我們正要逃走，他就……」我開始哽咽，泣不成聲。

馬克的頭靠著牆壁，破碎的臉龐滿是哀傷。「他死了。」

「才沒有！」我怒吼。

馬克憤怒的眼神轉向我。「他很快就會死，沒有人能從死妖的劇毒底下存活。」

我捧住崔斯坦的臉龐，感覺到輕微的氣息吹在手上。「你不能斷定。」

「他會死都是因為妳！」馬克攫住我的手臂，用力把我往後推。

他眼中的殺氣，竟讓我畏縮地躲開自己在厝勒斯僅有的朋友。

「這是妳的錯，希賽兒，」他嘶聲說道。「他願意為妳付出一切，妳卻用這種方式回報他！」一股能量將我往後推，如同有兩隻手壓在胸前。「走開。」

「你沒有權利阻止我。」

我立刻知道自己逾越了界線，一股魔法把我摔出洞穴，我腳步踉蹌，跌在死妖身上。馬克追上來，我倉皇起身，他作勢要打人，我本能地舉手保護頭部、等待拳頭落下，但我沒有等到他的拳頭。我抬起頭，發現馬克僵在那裡，五官氣得扭曲。

「我承諾過不傷害妳，」他咬牙說道，目光轉向文森。「但你可以。」

身材魁武的巨魔感傷地搖搖頭。「假如崔斯坦活了下來，絕不會原諒我們傷害她。」他說。「坦白說，我也無法原諒我自己。」文森看著我。「萬一他死了，她的腦袋也不保。」

「把她帶回厝勒斯。」馬克咄道，和其他人鑽回洞穴，片刻之後，將陷入昏迷的崔斯坦扛出來。馬克扭頭警告文森。「路上小心，留意她背後捅你一刀。」

我畏縮了一下，一聲不吭。

馬克推我一把的時候，崔斯坦的光球不見了，現在又飄了回來。我一手抓住魔法，檢視手上的刺青圖案，現在成了暗灰色，沒有光澤，但不是馬克的那種黑，我可以感覺到崔斯坦的存在，模模糊糊的，彷彿在沉睡，他還活著。文森也在看我手上的紋路。

「他不會死的。」我說。

文森緩緩點頭。「但願如此，為了妳，也為了大家。」他的手像鐵鉤似地箝住我的臂膀，拉往厝勒斯的方向。

⚜

文森把我交給艾莉和柔依，就在當時預備聯結的那間臥室裡。她們默然不語，憤怒和悲傷的氣氛非常濃郁，這樣正好，我的心情也好不到哪裡。

她們用了三缸的熱水洗淨我身上的死妖臭氣，這麼做不是為了安慰我，而是讓自己冷靜。我的皮膚被洗到發紅，手掌的灰色圖案更加黯淡，隨著時間一點一滴過去，崔斯坦的存在更加模糊。我的淚水汩汩而下，兩姊妹沉默不語地拭去我的眼淚，彷彿那只是熱水蒸氣凝結的水珠。

無論她們多麼用力將我的辮子扭成髮髻、套上黑色喪服，或是把馬甲勒緊到讓人幾乎喘不過氣，我都不吭一聲。她們表現得好像崔斯坦已經死了，但我知道這件事不會發生，當我站在鏡子前面，鏡中人枯槁憔悴，比我老了十幾歲，兩眼無神，眼睛哭到紅腫，嘴角往下撇。我眼神避開那個女孩，繼續盯著自己的手，監督刺青的顏色變化。

「妳本來應該是我們的救星，」艾莉終於開口說。「我們盡己所能幫助妳適應，妳卻用試圖逃走來回報我們？」

我默不作聲，不看她們也不回應。我無話可說。

「我看不出來他死了，妳是高興還是悲傷。」柔依接著說，我終於忍不住發飆。

「他沒死！」我雙手握拳、大聲尖叫。「他沒死！」我一再重複，轉身背對她們，跪在地上默默地啜泣。

守衛抵達時我還跪在地板上，他們粗暴地把我拉起來，一路拖過皇宮走廊，來到戶外，直到瀑布的霧氣襲上臉龐，我才抬起頭來，看到數以千計的巨魔環繞在四周，目不轉睛地盯著我看。這幅景象和結婚那天的情景大同小異，感覺詭異，除了我是獨自站著，而本來是祭壇的地方，現在換成斷頭台。

崔斯坦的父親從貴族中走出來，雖然身材臃腫，依舊露出威嚴的架勢。他的眼睛又腫又紅，然而當他走到眼前，我發現他的臉頰是乾的。

他清清喉嚨。「現在沒什麼好說的。可能的話，我想殺妳一千遍。」我不發一語。「因為妳，」國王繼續說道。「莫庭倪家族到此結束。我們統治厝勒斯將近一千四百年，現在劃上了句點，因為妳的緣故！」

怒火在體內翻騰，他不關心兒子，只關心繼承人。令他傷心的不是喪子之痛，而是失去權力和榮耀。

我站起來跟他怒目相向。「如果你只關心這些，你應該很高興自己生了兩個繼承人！」

「羅南不是崔斯坦！」他大叫。

「殺了她！」群眾喧嘩。

「她是叛徒！」大叫的人是混血種——不是指控我背叛國王和王冠，而是背叛他們的領袖和理想。

「對不起，」我懇求諒解，「我不是有意要這樣。」

灰衣礦工對我吐口水。「騙子！」他激動地嚷叫。「叛徒！他是妳害死的！」

我勃然大怒。「崔斯坦沒死……」突然有一股椎心的刺痛感，讓我說不下去。我膝蓋著地、噁心想吐，群眾在吼叫著，但我痛得無暇他顧，彷彿心臟被人挖出胸口，全身發熱滾燙，我大聲尖叫、哀嚎，劇痛隨即消失無蹤，整個人變得空空的，什麼都沒有。

「現在死了。」國王低語。「他的死寫在妳臉上。」

我無法回應，無言以對，只知道少了他，自己絕對活不下去。我抬起頭，仰望蒼天炙熱的光芒，唯一的一線陽光從頭頂射入這個城市，我傾身向前，脖子靠著斷頭台，閉上眼睛、等候死亡到來。

心臟一跳，二跳、三跳。

生命和情感豁然填滿虛空狀態，回復的震驚幾乎和失落的痛苦一樣巨大。我猛然睜開眼睛。

「崔斯坦！」我驚呼地喊。

斷頭台喀地一聲，刀鋒應聲掉落。

10 希賽兒

「等等，刀下留人！」

脖子背後有尖銳的灼痛，眼前卻不像我預期的那樣一片漆黑。在那漫長的一瞬間，還以為是屍首異處的腦袋決定讓我多活一兩秒，再受一下煎熬，但我很快發覺脖子跟身體連得好好的，斷頭台的利刃只觸及到皮膚邊緣，鮮血一滴滴滑下肩膀——有人及時阻止刀刃落下。

「這是什麼意思？」國王大吼。

「她的手，看看她的手！黑色在消褪！」馬克在大叫，我忍不住微笑，對發生的事情心裡有數。馬克和其他人一起走上平台檢查我的手指頭。

「他活下來了。」我呢喃地抬起頭，沒有人想到要先把刀刃移開，我擔心如果移動的幅度太大，會自尋死路。

馬克點點頭。「派人去皇宮查看，我們需要確認。」他猶豫了一下，隨即補充說。「稍後再行刑。」

「我沒有因為你中途打岔砍掉你的腦袋算你走運，馬克。」國王大吼，但表情看來似乎鬆了一口氣。

馬克轉身回應。「只要崔斯坦還有一口氣，殺了她只會把殿下推進鬼門關，他無法承受這樣的驚嚇。」

「等一等，刀下留人！」沒多久，遠處傳來女性的呼喊聲，「他活了，崔斯坦活過來了。」是皇后的嗓音。

圍觀的群眾自動讓路，皇后以驚人的速度朝我跑來，裙襬拉高到膝蓋，尖刀升起，有人抓住背後的衣裳把我拉起來，扶下斷頭台的階梯。

「崔斯坦活過來了，如果你還有點腦筋，苔伯特，就應該放了那個女孩。」現在換成嬌小的女公爵對國王揮舞拳頭。「放開她！」

「為什麼？」國王的語氣冷若冰霜。

「殺了她，大家都會厄運臨頭。」女公爵咄道。

她的話逐漸傳開，群眾開始安靜下來。

「她死了，你就永遠失去看見白晝的機會，更不可能恢復厝勒斯過往的榮華。」她繼續說服國王。

國王文風不動，群眾默不作聲。

「算了，」國王下令。「饒她一條命，」他直視我的眼睛，追加一句。「不過只是現在。」

一個僕人跑上來。「崔斯坦王子要求見希賽兒夫人。」

「幸好她的腦袋還在，」女公爵嘟噥。「跟我來，女孩。」

我點點頭，緊跟在後返回皇宮。我幾乎用盡所有的自制力才不致拔腿狂奔到崔斯坦身旁，加快腳步當然比較容易，保持威嚴的莊重步伐反而給了我思索的時間，帶出心中的疑慮。或許這一切都是我的想像？死妖和垂死的崔斯坦——當然不是我幻想出來的——問題在於被妖怪攻擊之前，他給我的那些感受是真的嗎？崔斯坦強烈的情感和我記憶中的一樣，或者是我自作多情，癡心幻想出來的？

我感覺他在生氣，因此才要求見我嗎？會不會不是如我所希望的那樣要對我告白，而是因為恨我差點害他進了鬼門關，所以想要一刀兩斷，把我就此逐出厝勒斯，永遠離開他身邊，再也不要見到我？

終於看到走廊前方崔斯坦的房間，這時門突然開了，安蕾絲走出來，再碰地關上，剛走幾步便看到我們三人擋住她的去路，當場僵住。她臉上掛著淚痕，緊抓手巾，然而比起臉上的怒火，這些都不算什麼。畫著黑眼線的眼睛殺氣騰騰，我確信如果這裡只有我們兩人，她會當場殺了我。

她行屈膝禮。「皇后、夫人。」

「安蕾絲。」皇后點點頭。

「您一定很高興聽見王子殿下復原神速。」安蕾絲隨即恢復沉著冷靜的態度，速度快得讓人敬佩。「請容我告退。」她猶豫了一下，旋即轉身朝反方向而去。

「好消息！」皇后欣喜若狂，沒有留意到我和安蕾絲之間劍拔弩張的氣氛。希薇女公爵看在眼裡，卻沒有過問。

我們匆匆走進崔斯坦房間，他躺在床中央，背後墊著一堆靠枕。看到我們，他緊鎖的眉頭立刻舒展開來，眼睛盯著我看，感覺我們彼此都鬆了一口氣。原來他沒有生我的氣。

「他們有傷害妳嗎？」他試著撐起身體，皇后匆匆跑過去把他推回床上。

「你必須休息，崔斯坦。」她拍鬆靠枕，將毛毯緊緊裹住他身體，就像呵護著小嬰孩。

皇后大驚小怪的模樣令他懊惱，但崔斯坦還是露出微笑。「謝謝妳，母親。」接著他轉向我，看到我蓬亂的頭髮、黑色喪服，這時我才發覺鮮血從頸背滴下來，遲了一步領悟自己應該先回房換衣服才對。

「我沒事，」我向他保證。「安然無恙，很健康。」

他揚揚眉毛。「妳不適合說謊，夫人。」

崔斯坦垂死之際留給我的光球還在這時候咻地飛向床邊，圍著他頭頂上的雙胞胎猛繞圈圈，光線和陰影交疊、混成一團，讓人看得眼花撩亂，吸住每個人的視線。

「它一直跟著妳？幾小時之前就應該熄滅了。」崔斯坦非常詫異。坦白說，我根本沒留意。

「人類不可能控制巨魔的魔法。」希薇女公爵說道，食指輕觸下巴，看著鏡子反射出耀眼的光芒。

「噢，我沒控制它，」我說。「是它自己願意跟著我。」

「願意！哈！」她輕蔑地揮揮手，不理會我的說法。

崔斯坦似乎沒聽見我們的對話。「別鬧了！」他堅定地告訴光球。光球充耳不聞，繼續在房間瘋狂飛舞，像個頑皮又不肯守規矩的小孩。

「你，」他指著光球。「過來這裡。」光芒似乎不甚情願，慢吞吞地飄過來落在他手腕上。「的確是我的魔法，」他說。「但是加了一些變化。」他凝視光球深處。「它似乎以現存的目的為滿足。」

「什麼目的？」我不解地問。

「為妳作照明。」明亮的光球離開他的手，朝我飄過來。

女公爵露出滿意的表情，但依舊不予置評。

崔斯坦清清喉嚨。「我想和希賽兒談一下。單獨兩個人。」

皇后與女公爵離開之後，我走過去站在床邊，緊張地玩弄毛毯邊緣，崔斯坦默默審視我的外表。

「打從妳走入我的生命之後，沒有一刻是枯燥的。」

「對不起，」我低聲呢喃。「我不是有意的。」

他握住我的手，十指交扣在一起，他的肌膚再次充滿溫暖，緣於體內魔法的火焰。「不是妳的錯，無論馬克怎麼說，這不能怪妳。」

我抬起頭。「你怎麼知道他說什麼？你當時陷入昏迷。」

「不，我沒有。」他望著天花板，拇指在我的手背上畫圓圈。「我只是動彈不得，無法睜開眼睛、口不能言，但聽得見，我有意識。」

「真可怕！」

「不盡然。」他嘴角一彎，俏皮地笑了。

「噢！」我查覺到他話裡的意思，頓時從頭頂紅到腳趾頭。「噢，天哪！」

「而且我對髒話的詞彙累積神速。」他嘴角彎曲的弧度更大了。

我伸手遮住眼睛，窘到羞於見人，接著恍然大悟。「那你知道……」

他嚴肅地點點頭。「妳用魔法醫治我。」

「毫無功效。」我心裡怨氣未消。

崔斯坦舉手對著光線，那些疤痕看起來像多年前的舊傷。「妳沒有失敗。」他凝視我的眼眸。「我本來就懷疑妳或許有魔法的血緣，為什麼不告訴我？」

「我不知道，」我呢喃。「那是我第一次嘗試，把她的咒語念得亂七八糟，所以毒液才消不掉。」

「她是誰？」

我用力吞嚥口水，鬆開他的手，從隱藏處拿出安諾許卡魔法書交給他，從他的表情來判斷，他顯然一眼就認出來了。

「妳能打開？」

「是的。」

「書裡有提到如何破除詛咒嗎？」

「沒有，只有一些針對巨魔的咒語。」他聽了如釋重負。

崔斯坦點點頭，把書還給我。

「好好收著。」他說。「別讓人發現。」

我把書藏回衣櫃，回到床邊，感覺有點不安。發現我是女巫會改變崔斯坦對我的感覺嗎？即使會的話，也不能怪他，因為安諾許卡曾經那樣殘忍地對付過他們。

「你會生氣嗎？」我輕聲問道。

他搖搖頭。「妳救了我一命，希賽兒，很少人有妳那種過人的勇氣。」他嘆口氣。「他們帶我返回厝勒斯，一路上旁若無人地討論父親會如何對付妳——明知道我還活著，卻當我像死了一樣，其實我都聽見了，卻無能為力，當然連呼吸都很費力，然後……」他頓住，表情若有所思，彷彿試著要回憶某些事情。「然後毒液的影響力消失了，就在千鈞一髮間。」他望著我的喉嚨。「垂死的瞬間。」

感覺有魔法拂過我的腮邊，髮夾掉了一地，那股能量解開髮髻，頭髮如瀑布般一瀉而下，仍帶著溼氣。

「你省略了一部分，」我顫聲提醒。「死掉的那部分。」

崔斯坦閉上眼睛。「我現在好了。」

「現在是，」我不住地顫抖。「當時不是！我感覺你死了，就像我的心臟被人硬生生地挖開……」我努力保持平靜。「你不見了。」心裡滿是愁雲慘霧。

「但我現在好了。」他堅定強調，拉住我的手，我心甘情願爬上大床，依偎在他的臂彎裡，靠著他的肩膀，這是我許久以來的渴望，幾乎不敢相信此刻願望真的實現了，我真的和崔斯坦在一起。

「怎麼會？」我問。

「什麼？」他狐疑。

「你怎麼活過來的？這種事像天方夜譚一樣。」我仍舊不可置信。

他安靜了很久，一開始還以為他睡著了。「一個大有能力的人幫了我一把。」他終於回答。「我欠她很多。」

正想問對方是誰，房間突然吹起一股冷風，帶著冰雪的味道，一個女聲低語。

「不能讓她知道，受詛咒的王子，別忘了我們的約定。」

立時，我的頭昏沉沉的，拉起床單蓋住身體，挨緊崔斯坦，想驅走那股寒意。我剛剛在想什麼？怎麼一下就忘記了。

崔斯坦溫柔地愛撫我的背脊，我專注聆聽他強壯穩健的心跳聲，但就是放鬆不下來。國王和多數的巨魔都把我當成眼中釘——尤其是混血種。因為我差點壞了崔斯坦的大計，危害了某些人的性命，我本來應該是開啟厝勒斯通往自由之道的鑰匙，結果不只對自己的任務一無所知，更重要的，我還確信安蕾絲正在策劃謀殺的方法以報復崔斯坦。

崔斯坦終於擋不住疲憊的侵襲，飄然入夢，我卻過了很久才闔上眼睛。如果繼續被周遭這些人當成棋子、玩弄在股掌之間，就很難安身立命——這是我從格爾兵棋的遊戲裡學到的教訓。我必須採取主動，時間越快越好，心底有腹案逐漸成形，最後終究因為過於疲倦，還沒想透徹就睡著了。

我緊緊挨著崔斯坦，彷彿這是我們最後一次相擁而眠的機會，這也不無可能，如果有答案的話，也要靜待早晨來臨。

❦

數小時之後我甦醒過來，全是因為驚嚇的緣故。夢裡充斥著死妖、黑暗和奄奄一息的崔斯坦。死亡割斷我們之間的聯結，就像頭皮和頭骨分家一樣，那可怕的一瞬間不斷重演，一而再、再而三，孤寂無依，彷彿全世界只剩我一個人。很難想像有人能夠承受那樣的寂寞，要有怎樣的毅力才能在失落之後持續活下去。我想到馬克手上的黑色線條、想到他很少脫下掩飾的手套、想到每當提到她的名字，他就心痛難忍的模樣。

光球和我一起醒過來，光線黯淡、彷彿剛剛才惺忪地睜開眼睛，我就著光線，溫柔描畫著崔斯坦左手的金色絲線，精緻複雜的圖案簡直就是巧奪天工。金色，因為我是太陽之女，也是第一位和巨魔聯結的人類，聯結的對象還是貴為王子的他。

崔斯坦在睡夢中輕聲嘆息，溫暖的氣息吹過頰邊，他蜷縮地貼著我的身體，手臂攬著我的腹部。我那經常冷冰冰的腳貼著他的腳後跟，感覺溫暖許多。我預備抽身離開，身體百般不情願地抗議，雖然不想吵醒他，他還是醒了。

「你太累了，」我說。「需要好好休息。」

「沒時間，」崔斯坦答道，快速換好衣服。「必須先跟幾個人交代一下，讓他們安心，還有樹要照顧。」

「不能再等一天嗎？」我還是嘗試說服。

「或許可以，只是我不想冒險。」他扣上長劍。「沒有馬克陪伴，不要離開這個房間，某些人誤解昨天事件的起因，我不希望他們自以為是效忠我，而對妳不利。」他親吻我的額頭。「盡量別惹麻煩。」

⚜

崔斯坦離開以後，我努力想辦法打發時間，卻心不在焉。短短時間內發生了太多改變，要我回復到安哥雷米使出詭計之前的生活是萬萬不可能了。

忽然間，崔斯坦憂心忡忡、情緒沮喪、不安的情緒如同蜘蛛般瞬間爬過我的全身，發生了什麼事？他是怎麼告訴混血種？他們會原諒我嗎？或者我和他們的關係已經無可挽回？

拋開無心閱讀的小說，我從門口走向陽台，走下台階，來到小小的中庭。琴譜就在長凳子上，我翻了一下，選了一首曲子坐下來彈奏，我向來缺少演奏的天分——手指太短——只能在天生的限制底下盡力。我彈了很久，直到手指痠痛為止，就是不肯開口唱，不想呼喚他。等他預備好了自然會出現。

「妳有很好的音樂天賦，但我必須承認，我寧願聽妳唱歌。」

琴鍵發出刺耳的聲響，我渾身一僵，慢慢地轉過頭去。安哥雷米公爵站在樓梯底下，手裡拿著黃金握把的拐杖。「或許妳願意為我高歌一曲，小鳥兒。」

我堅定地搖頭。

「真可惜。」他走向鋼琴，我倉皇起身，希望拉開距離，雖然這沒有差別，因為他真要殺我的話，我也無力抵抗。

「這是私人花園，」我說。「你沒有權力侵入。」

「的確，」他撫摸光滑的琴面。「但妳也趕不走我，不是嗎？」

「你要什麼？」

他嘴角微揚，笑得很冷。「我要很多東西，希賽兒，而且一定要到手。」他拿起崔斯坦送我的玻璃玫瑰，在指間轉動。「妳昨天引起軒然大波。」

「那樣正合你意，不是嗎？」

「是的，雖然我完全沒想到效果會這麼好。」他舉起玫瑰，彷彿想聞花香，眼睛卻盯著我不放。「妳知道嗎？巨魔和人類結合生下的孩子，魔法能力不及父母一半，如果這孩子又和人類結合，後代幾乎沒有魔法可言；事實上，擁有八分之一巨魔血統的孩子，就與魔法絕緣，既軟弱又愚蠢，就和人類一樣，容易受傷和罹患疾病。」

我靜默不語，他的意圖非常明顯。

「魔法，」他繼續說道。「讓我們高人一等，任何會破壞這件事的行為都應該鏟除。」

「除非能夠破除詛咒，」我火爆地反駁。「這就是你要表達的觀點？」

「詛咒根本無法破除，」他舉起玫瑰。「沒有辦法達成使命的生物都應該鏟除。」玫瑰從他指間滑下，我驚呼一聲，撲過去接住，免得它摔碎。才一碰觸，花瓣就變成粉紅色。

「你們自以為可以愚弄每一個人，不是嗎？」

我跪在地上、抬頭看著他，心中充滿恐懼。

「或許大家都被騙了，只有我例外。」他伸手把我拉起來。「我必須承認，妳把惡婆娘的角色演得唯妙唯肖，至於崔斯坦，那孩子一直以來都在扮演雙面人，演了那麼久，讓我開始懷疑他是否記得自己本來的面目是什麼。」他停頓下來思索。「妳已經知道這裡的孩子都受相同的教育，直到十歲以後才按專業分別受訓，有承造公會，藝匠公會、烘培公會、礦產公會等等，依此類推。」

「請說重點，公爵大人。」我試著抽回自己的手，但他的手勁像老虎鉗似地難以扳動。

「我的女兒安蕾絲沒有接受公會教育，因為我早就看出她的潛力，她適合特殊規劃，因此我讓她接受軍事教育，她懂戰略，堅定、無情、忠貞，然而……」他嘆了一口氣。「她終究是女人──感情是她的弱點。」

我努力克制，不讓怒火浮現，但實在很難。

公爵傾身倚著拐杖，那種由上而下、緊盯不放的姿態讓我聯想到掠食的禿鷹。

「情感像脫韁的野馬，背叛了她多年的訓練，幾週以來，她每天晚上哭到睡著，完全不像她平常的行徑，唯有一個可能的原因──就是她親愛的崔斯坦移情別戀，心思轉向了他的妻子。」

我皺眉。「昨天你不是這樣說的，公爵大人，所以你承認昨天是在說謊？」

他哈哈大笑，笑聲在中庭迴盪，從四面八方嘲弄我的無知。「我有這麼說嗎？妳確定？」

即使事過境遷，一想到自己被他耍得團團轉，就像由他隨意撥弄的琴弦，心情沉到谷底。

「一位智者有這麼一句名言，『言者無意，聽者有心』，妳聽見的真相不見得和說者陳述的一樣，我想妳應該學到這個教訓了，小鳥兒。」

「放開她，安哥雷米。」

馬克的腳跟在台階上用力一蹬，兩步併一步地跳了下來，飛快越過中庭，擋在我和公爵中間。「崔斯坦不准你再靠近她。」

「我很清楚國王陛下的法令，完全沒有傷害她。」安哥雷米不當一回事地回答。

「那不表示你沒有類似的意圖。」馬克用力推開安哥雷米，讓我非常驚訝。「請你馬上離開。」

公爵臉色一沉。「你這個扭曲的可憐蟲！竟敢伸手碰我，我的階級比你崇高，各方面都勝過你。」

「崔斯坦下令不許你靠近希賽兒夫人，公爵大人，王位繼承人的階級比你更崇高，各方面都勝過你。」

周遭的空氣溫度突然升高，他們各自使出魔法、相互較勁。

「我不怕死，安哥雷米，」馬克輕聲說道。「你呢？」

「你以為可以勝過我嗎，孩子？」安哥雷米的氣勢也不遑多讓。

馬克哈哈大笑。「不，我只要撐到崔斯坦趕來就夠了，我知道他可以打敗你，把你撕成無數的碎片，最後剩下的就是一小滴血灑在街道上而已。」

安哥雷米臉色發白。「他不敢造次。」

「你確定要挑戰命運嗎？」馬克語氣冰冷。

這回公爵不答腔，逕自轉身離去，匆匆走上樓梯不見蹤影。

我試著緩和紊亂的心跳。「他不會饒過你的，馬克。」

「記在帳上吧，他不肯饒恕我的事還有一籮筐。」馬克嘀咕。「妳還好吧？」

「還好——我猜他只是想嚇唬我，同時向崔斯坦下戰帖。」

「崔斯坦已經預期到了。」馬克雙手插進口袋裡，默不作聲，盯著鋼琴看了好半晌才開口，「希賽兒，我要為自己在迷宮說過的話和行為道歉，當時……」

我舉手制止。「沒有什麼需要原諒的。」我勾住他的手臂，嘆了一口氣。「我們去走一走吧，我需要離開這裡透透氣。」

我們在玻璃花園裡漫無目標地散步，放眼望去依舊充滿驚喜：每株植物都做得鉅細靡遺，包括玫瑰花叢的小刺，樹底下散落的松毬和莢果，擺得充滿藝術氣息，還有懸在葉子尖端的玻璃露珠；沒有打光的時候，已經美不勝收，加上巨魔的光芒，看起來更加神奇，甚至不像在凡間。

「創造這個花園用了多久的時間？」我俯身欣賞一朵梔子花，看起來栩栩如生，幾乎期待會聞到花香。

「三百三十七年。」

巨魔凡事講求精確的天性讓人不覺莞爾。

「為什麼不上色？盾勒斯有一些玻璃工藝是彩色的。」

「那要問匠師公會才知道，如果要我猜的話……因為他們知道相較於大自然，這些都是遜色的仿造品。」

「或者是他們忘了真實的色彩。」我閉上眼睛，試著想像碧草如茵的原野和鮮艷的野花，那感覺遙遠得就像另一個人生。

「或許。」

「你不想親眼見識一下嗎，馬克？難道沒想過站在海邊享受海水在腳邊洶湧？感覺冬雪拂過臉頰，或是夏天艷陽下的酷熱？在採收季之前，漫步在金色的麥浪裡面，或是策馬馳騁在草地上，享受春天的甜美氣息？」

我隨意挑了一張石頭長凳坐下來，回憶沉甸甸地壓在心頭。「你有這些夢想嗎？」馬克別開臉龐，讓人只能看到側面輪廓，他有獨特的俊美，像他表弟一樣。

「不，」他說。「我不會。」

「你的夢想是什麼？」

他肩膀一震，彷彿挨了一巴掌。

「潘妮洛普。」他聲音有些沙啞，彷彿很久不提這個名字。「每天晚上闔起眼睛就夢到她。」他沉重地坐在旁邊，把頭埋進手裡。

我輕輕握住他的左手，脫掉他一貫戴著的真皮手套，手指間有旋渦般的墨黑紋路，美麗的圖案帶著深沉的哀傷。「願意說給我聽嗎？」

他點點頭。

「她是……安蕾絲的姊姊，她們僅有的共同點就是都長得很美。潘妮洛普溫柔婉約、善良親切、安靜內向，我們是青梅竹馬。我不知從何時開始愛上她，彷彿愛了一輩子那麼久。」他聲音沙啞，不自覺地抓緊我的手。「我想和她結婚，但是父親反對，因為她……最近才知曉真相，她有出血的先天疾病，這疾病會遺傳給後代。」

我輕聲嘆息，以前不曉得有這種疾病存在，到了厝勒斯以來，就我所知，已經有兩個男孩死於這種問題——血液無法凝結，只要一點小傷就足以致命。

「我們成為情侶，在一起好一陣子，是我自己太愚蠢，」馬克說下去。「若不是我們相愛，她或許還活得好好的。」

「她懷孕了，對嗎？」我柔聲詢問。

「是的。」他用力吞嚥著。「她喜出望外，相信自己沒問題，一定能順利將孩子生下來，但我心知肚明，」他垂頭喪氣，肩膀垮下。「知道她撐不過去。」他忽地起身說道。「我帶妳去看一個東西。」

他帶我來到一處空地，四周都是玫瑰花叢，中央有一道噴泉，裡面不是水源，而是微微發光的藍色液體。

「液態枷鎖。」我興奮地嚷嚷，好奇地跑過去。

「妳顯然花太多時間和崔斯坦攪和在一起，深受影響。」馬克哈哈笑。「這是月神的靈丹。」

「這個名稱美麗多了。」我望著噴泉池。「它從哪裡來的？」

「仔細看。」

我們等了很久，突然有東西憑空出現，有一滴水珠落進池子裡。

「天哪，」我嘀咕。「這是從哪裡冒出來的？」

「要從正確的角度才能看見。」馬克說道。「像這樣。」他彎著腰，抬頭往上看，

我依樣畫葫蘆，當看到時忍不住驚呼一聲，半空中有一扇圓形窗戶，唯有仰視的角度才能看清楚，一眼看進去沒有厝勒斯——看到的景色大不相同，就是一處懸崖，潮溼的邊緣微微發出藍光，慢慢凝聚形成水珠，從我們頭顱中間掉進水池裡面。

「那是什麼地方？」我納悶地問。

「月亮。」

我眨眨眼睛，表示不解。

「妳看到的地方是世界的縫隙所在，」他再度挺起身體。「液體來自於將月亮和地球聯結在一起的魔法，我們汲取它的能量讓兩個巨魔心心相印，也可以將巨魔和人類聯結在一起。」

趁著下一滴掉落的時候，我伸手接住，想要品嘗它的滋味，當時奇妙的經歷依舊鮮明地印在腦子裡。馬克扣住我的手。

「一生只有一次的機會。」他拉開我的手，讓水珠掉進池子裡。

「在迷宮南端有一處小小的空地，可以看得到天空，很少有人知道那裡的存在，有天晚上，我偷了一瓶月神的靈丹，再從父親那裡偷來大門的鑰匙——我們柯維爾家族世世代代守護那道門禁——把潘妮洛普帶進迷宮，她對窄小的空間深具戒心，擔心死妖會吃了我們，但她還是願意跟我進去，我們在月光下聯結在一起。」

「為此你應該惹了很多麻煩。」

他微微一笑。「是的，但任何人都無法拆散我們，不管今生或來世的力量都無法切斷我們的聯結。」

說完這句話，他安靜了許久，我不敢打破寂靜的氣氛。

「我們共度了美好的六十三天，然後她流產，孩子死了，潘妮洛普也走了。」淚水滑下我的臉，馬克的眼眶是乾的，多年的傷痛早就讓他眼淚流乾了，我想。那種椎心的痛苦不難想像，因為我也經歷過了。「你是怎麼撐過來的？」

「我痛不欲生，曾經想從最高的懸崖縱身一跳、想拿刀把心臟挖出來、想拿頭猛力去撞牆，怎麼死都好，沒有她，我根本活不下去。」

「所以你是怎麼活下來的？」我也想起了自己心甘情願跪在斷頭台上的感受。少了崔斯坦，我寧願尋死，也不想獨活，更何況我們還只是短暫的情愛，而馬克和潘妮洛普是青梅竹馬、是一輩子的愛戀。

「事發的時候，崔斯坦就在旁邊，她的心跳一停，崔斯坦就用魔法把我捆個動彈不得，我死命抵抗。當時他即便只有十五歲，但力量已經強大無比，連我都打不過他。當他睡覺的時候，就換雙胞胎聯手壓制我。崔斯坦把我綁了好幾個星期，強迫我吃喝，不讓我尋死，等我平靜下來，他又逼我發誓要活下來。他說我是他最好的朋友和親人，他需要我活下去。」

我們靜默許久，馬克陷入回憶，我試著吸收他所說的一切。

「現在傷痛有舒緩一些嗎？」我終於問道。「那種痛失某部分的感覺？」

馬克搖頭以對。「就是學習接受。」

淚水再次湧出我的眼眶，沾溼了衣裳。明知她會死，也知道必然造成傷痛，馬克還是不顧一切和她聯結在一起，這樣的勇氣無人可比，更是把自己生死置之度外——這種愛情故事值得傳唱。

「經歷過這些，如果現在讓你選擇，你還會重來一遍嗎？」

他微微一笑，沉思地說。「毫不猶豫。」

我們再次沉默下來，各自陷入思索。

「希賽兒，妳問我是否夢想過出去外面的世界。」

我點點頭。

「我所認識和熱愛的一切都在厝勒斯，包括我所有的回憶。我屬於這裡，屬於黑暗，但是……」他握著我的手。「妳不一樣，這裡不適合妳——妳屬於陽光，他也一樣。」

馬克輕吻我的額頭。「妳必須找出方法。」說完他便轉身離去，留下我獨自承受那種越來越巨大的壓力。

「你聽到了多少？」等馬克走出聽力範圍，我才開口問道。

這時崔斯坦從玻璃樅樹後面走出來。「聽到不少。」他承認。

「偷聽的行為非常不禮貌。」

「我知道。」他走向噴泉，仰頭從窗戶望向月亮。「之前妳非常恐懼。」

「安哥雷米來過，」我轉身背對噴泉，撫平裙擺的皺摺。「我猜他主要是來炫耀詭謀得逞，他似乎知道我們的爭執只是掩人耳目的演出。」

「那個卑鄙邪惡的毒瘤！」崔斯坦咬牙切齒。「懦弱又可惡、專門多管閒事，跟黃鼠狼一樣不安好心眼！」

我等他痛罵完畢，才開口問道。「所以我們還要像以前一樣嗎？有必要嗎？」

「我不知道，」崔斯坦伸手抓抓頭髮。「也不認為自己還能演下去。」

我點點頭，頗有同感。「那就改弦易轍？」

「是的。」他心底似乎非常掙扎，張嘴又閉起，欲言又止的模樣。

我皺眉。「無論你有什麼事沒告訴我，現在正是開誠布公的時候，我們之間不能有祕密，崔斯坦。」

他沉重地嘆息。「我知道，然而這裡不適合討論。跟我來，帶妳去看一樣東西。」

他蓄意避開保鑣，穿過花園後方隱密的小門，順著曲折小徑走向河邊，越過其中一座橋，這一路在城裡穿梭，路途遙遠，等我們來到河流分岔點的時候，已經走得我兩腳痠疼，守護溪水路的衛兵從河岸對面看著我們，發現我們身後沒有侍衛隨行，也沒有出聲制止，任由我們跟著河道分岔往右邊走。

隧道裡充斥著嘩啦啦的水聲，我們漸行漸遠、不久就看不到厝勒斯的燈光，只剩我的小光和崔斯坦的光芒照亮路徑。

「我們要去哪裡？」

「等會兒就知道。」

我們繼續走了一陣子，到洞穴盡頭，崔斯坦和我停住腳步，前方斜坡被河水沖刷得相當平滑，兩岸巨大的石階宛如延展的梯田，河水漫過整個結構體，形成黑幽幽的湖泊。

「這裡是閱兵場。」崔斯坦的光芒倏地飛向高處，光線更加明亮，像一個小太陽。

「天哪！」我驚訝出聲，不曾見過如此龐大的建築物，整體設計宛如宏偉的圓形劇場，一排排座位像階梯漸層往上，最高一層隱在暗處，幾乎看不清楚。

「史書上記載山崩之前，遠在好幾英哩外就可以看到這個運動場，最高可以容納五萬人，是我們有史以來最宏偉的建築成果。山崩的時候，軍隊多數集中在這裡，它才沒有被壓垮，因為魔法和民族的驕傲感將它撐住了。」

「薩維國王挖洞讓瀑布沖刷而下的時候，錯估豐沛的水勢，遠超過溪水路可容納的程度，害厝勒斯遭受淹水之苦，後來他又下令炸開另一條路，洪水因而淹沒閱兵場。流水從遠處那些石頭往外滲透，我猜除了鱒魚之外，應該沒有更大的東西能夠穿過去流向海洋。」他為我細心解釋。

他牽著我的手，一起走下台階，站在湖水的邊緣，一艘小船繫在石柱上，等我上船坐好，他就解開纜繩，跟著一躍而上。和緩的水流隨即控制船身，在湖面上慢慢飄盪，若不是彼此心裡都焦躁不安，感覺真的很浪漫，畢竟他帶我來這裡另有目的。

我把靠枕堆好，等候崔斯坦開口。

「我想獨處的時候就會來這裡。」他終於說道。「有時思考，有時睡覺，因為這裡對我具有極大的警告和提醒。」

火光閃耀，照亮四周牆壁的雕刻，描繪戰爭的場景，許多畫面因著年代久遠變得模糊，但還不足以完全洗掉毀滅和屠殺的景象。巨魔兵團裡有男有女，俊美的五官露出殘酷的神情，無數的城市傾覆，屍體堆積如山，人類匍匐在巨魔貴族腳前，卑躬屈膝。無數的手銬腳鐐鍊在一起，鮮血淋漓，人們的模樣形容枯槁、憔悴不已，垂眼看著地上，生命毫無希望。

我不寒而慄，拉緊天鵝絨斗篷裹住身體。「我看過你給我的歷史書籍，崔斯坦，我深知這些黑暗的過去，同時領悟到你相信唯有詛咒持續存在，才能阻止過去的歷史重演。」

「如果妳真的了解，」他朝牆壁揮手示意。「那我為什麼還覺得妳在催促我想辦法破除。該死，希賽兒，假如我們恢復自由，牆上這些臉孔將會換成妳的親人和朋友，妳希望這樣嗎？」

「你以為我沒有想過這些潛在的可能性嗎？」我悍然反駁，相同的影像浮現在腦海。「難道我不擔心嗎？」我強迫握緊的拳頭放鬆下來，用裙擺將手汗擦乾。

「崔斯坦，我們的差別在於我不認為石壁上描繪的就是我們的未來，那是數百年的前塵往事！犯下這些暴行的巨魔早就死光了，他們的罪孽不應該要求現今厝勒斯的百姓承擔。」

「的確，所以妳認為要釋放他們出去犯罪。」

「你為什麼深信他們一定會重蹈覆轍？」

「妳真心相信如果明天解除詛咒，我的父親會比他們更仁慈嗎？」崔斯坦沮喪地按摩太陽穴，「在復仇之火的驅策下，他的表現或許會比前人更糟糕。」

「我知道，」我傾身向前。「所以我們要等他死了以後、等你繼位為王之後再解除詛咒，因為我知道你不會跟他們一樣。」

崔斯坦別開目光。「妳太高估我對他們的影響力了，我無法掌控每一個同胞，就算可以，我也不會永存不朽。只要一個巨魔發飆，就足以屠殺百人，甚至上千人，那些血債都會算到我頭上，因為是我釋放了他們。」

「如果你逼他們發誓呢？」我問。「用審慎措辭的誓言阻止暴力發生的可能性。」

我得到的回應是刺耳的笑聲。「他們要對誰發誓？」

「對你？」

「哈，」他直視我的眼睛。「妳知道巨魔掙脫誓言約束最有效的方法是什麼嗎？」

他不等回應，自問自答。「殺死發誓的對象。所以如果這樣做，我會變成活動標靶，不到七天就會沒命。」

「那就逼他們發誓不得追殺你！」

他搖頭以對。「那他們只會找上妳。如果我要他們再發誓，有人就會花錢雇用人類殺手對付妳，換言之，這種控制方法不管用。」

我皺眉，低頭看著雙手，不想被他的論點打敗。

「不管怎樣，我認為你低估了他們，」我輕聲說道。「雖然我來到這裡的時間不長，但就我所見所聞，多數的巨魔不喜歡暴力壓榨和迫害——他們已經看得夠多了，才會想要奮力改變現狀，所以不會只有你單打獨鬥、對付那些害群之馬，而是大家一起聯手。」

「萬一妳看錯了呢？」崔斯坦煩躁地說。「女巫的詛咒拯救了人類。如果破除咒語，很可能犧牲多數人的生命，也讓妳的族類失去足以對付我們的利器。」

「不計代價嗎？」我繼續辯論。「一定還有更好的方案。」

「安諾許卡已經找到唯一的方案，我不會妄加破壞。」

我聽了大為震驚。「你說得好像她是聖人一樣，那是不可能的。」他仍是一臉頑固。「你為什麼堅決咬定巨魔只有邪惡的一面？」

他一心要證明自己和他們一樣、都是一丘之貉，為什麼？

崔斯坦迴避我審視的目光，周遭的光線熄滅，只剩我自己的光照著湖面。「我們族類天性自私，又有能力做很多邪惡的事情。」他終於開口。

「人類當中也有邪惡的份子，」我辯解。「但也沒聽你說要把人類全部關進洞穴裡面。」

「一個凡人能有多少危害？就算是崔亞諾的攝政王指揮一隊大軍，比起我們還是小巫見大巫。一個巨魔就足以讓崔亞諾成為斷垣殘壁、不留活口，魔法不只能夠保護巨魔免受刀箭攻擊，還能阻止射過來的彈丸，連砲彈都無法射穿我們的防禦。」

「可是巨魔為什麼要這樣做？」相較於他的邏輯，我的論點搖搖欲墜、站不住腳。他說得對，巨魔有毀滅性的潛能，我只是不認同他們都有邪惡的一面。「不是所有的人都像安哥雷米！」

「至少有一部分！」他輕聲強調。「但我又不能因為潛在的可能性處死那些人民，希賽兒，這麼做才是上策，一旦掌控厝勒斯，我就可以完成預定的計畫，或許不用魔法也能在這裡生存，幾個世代之後，巨魔的血緣逐漸被人類稀釋，女巫的咒語也會跟著失去效果。」他握住我的手。「我們過於強大，這個世界不是對手——還是別讓我們離開比較好。」

「你們不屬於這裡，」我抽回自己的手。「應該返回你們的歸屬之地。」

崔斯坦渾身一僵。「不行，否則我大可以立刻把他們送回去。」

我屏住呼吸，沒想到他會如此坦白。「回去哪裡？」

「這裡、又不是這裡，就在陰影和光明中間的地方。」

「呃，你說得語焉不詳，」我皺眉。「那個地方有名字嗎？」

他嚴肅地點頭。「有，但妳最好不要知道，這個名字帶有能量，此時此刻我寧願不要引起他們的注意。」

「他們是誰？」我追根究柢。「還有其他巨魔存在？」

「是的，雖然我懷疑他們反對這樣的稱呼，」他扮鬼臉。「最早是人類這麼喊，我們沒有反對，因為這個綽號對我們毫無影響，但我們其實不是巨魔。」

我雙手按住太陽穴。「那是什麼？」

崔斯坦搖搖頭。「妳最好不要知道。」

又是不可告人的祕密。對於我，他似乎瞭若指掌；反之他卻神祕兮兮。當我好不容易剝開一層，底下又有另一層，層層相疊。他的隱瞞令人氣憤，表面上說是為了我好，但我又不是小孩，我有權了解事實。不確定是因為臉上的怒容或是察覺我的情緒反應，崔斯坦開始解釋了。

「我們的族類向來能夠穿梭於世界之間，去哪裡都隨心所欲，所到之處通常都會惹出一堆麻煩。」他說。「一千四百年前，我的先祖來到這裡，光之島，就此愛上黃金。」他稍微思索一下。「說愛不夠貼切，應該說著魔才對，但又不能把黃金搬回……，那裡沒有這種東西。」

崔斯坦從口袋掏出一枚金幣，在手中翻來轉去。「那裡也沒有銅，不像這裡到處都是，無論在水中、植物中、或是我們吃進去的動物，甚至在血液裡。」他的目光從金幣轉而直視我的眼睛。「他們在這裡落腳太久，從此回不去了，被銅感染的身體也不容許他們回去，留下的結果就是喪失長生不老的能力。」

他拉開外套和襯衫的袖子，露出手臂的疤痕——也是他身上僅有的疤痕。「我們依舊對銅過敏，銅鐵造成的的傷口都會復原緩慢，如果傷口太大，也可能喪命。」

我驚訝地伸手摀住嘴巴。「對不起——我不知道。」

「無論妳心裡怎麼想，我還不至於虛榮到寧死也不要留疤痕。」他的笑容極其短暫，隨即把金幣放回口袋。「既然被困在這裡，他們決心征服這裡的人民做為奴隸，這種野心無人可擋，直到安諾許卡推倒山脈的那一天。」

我皺眉。「那些不在這裡的巨魔呢？他們後來怎樣了？」

「幾乎全數在場，」崔斯坦說道。「那天是亞力士國王的生日，本來不在場的人也莫名所以地被喚回厝勒斯，直到每個人都困在其中。」

「那你那些不可告人的故鄉同胞呢？他們後來怎麼樣？還會來造訪這個世界嗎？」

「他們不敢來，擔心來了就被困在咒語裡，再也脫不了身。因此他們一直在暗中觀察著。」

「啊。」我望著深幽的池水，突然領悟過來，他保密不是要保護我，而是保護自己，以免被我傷害。「所以安諾許卡知道你們同胞的全名，因為她的濫用，讓你不敢信任我，也不敢明說。」

「是。」他直接了當承認。這種告白真傷人。

「死妖，」撇開傷心繼續追問。「也來自於那裡？」

他點點頭。「對，牠們是邪惡王朝的爪牙，可能是自行跟蹤而來，但我懷疑是她派來的，而且從來不間斷，才會直到今天都無法擺脫那些該死的東西。」

「她？」

他伸手撫摸劍柄，顯然在考慮要告訴我多少。「中間地帶有兩方人馬爭奪掌控權，一位是我的曾——曾——曾叔公仲夏國王，她則是隆冬之后。」

我突然毛骨悚然，彷彿聞到空氣中冰雪的味道，模糊的記憶在腦中浮起，但就是想不起來。「看來她也不可告人。」

他的手握緊劍柄。

「你說名字帶有能量，但我就算知道你的名字又能怎樣，毫無用處。」氣氛沉默而膠著，許久都沒有聲音，我可以感覺到他心中湧現的罪惡感。

「或者不然。」我聲音沙啞，咬緊牙關。

他倒抽一口氣。「妳知道如何稱呼我，只是這個名字不是對我有拘束力的那個。」

我退縮到小船另一端，還是不夠遠。

「送我回去，」我嘶聲說道。「我受夠了——現在不想靠近你，你的欺騙和隱瞞讓人感到厭煩。」

「希賽兒，拜託。」他伸出手，我蹣跚爬起來，造成船身劇烈地搖晃。

「你不調頭，我就游泳回去。」

他縮回手。「希賽兒，拜託聽我解釋。」

我的眼神充滿戒心。

「如果妳知道我真正的名字，就有十足的掌控權，」他輕聲說道。「迫使我聽從妳的心意行動。到那時我別無選擇，只能聽從妳的命令，不管是追殺一人或殘害千人，我會沒有自由意志，只是妳的奴隸……」他一臉怪異的模樣。「和武器。」

「這就是你對我的看法。」我應道，抓緊船身的邊緣保持平衡。「認定我會把你當武器，隨心所欲地利用你？」

他的肩膀開始顫抖。「我不確定！」

湖水洶湧翻騰，小船忽高忽低，隨時有翻覆的危險。

我跪在靠枕上。「崔斯坦！」

他猛然一震，環顧四周，似乎對自己做的事感到很訝異，隨即低下頭去。

「對不起。」湖水停止翻湧，變得像玻璃一樣光滑，效果反而比驚濤駭浪更讓人懼怕。

「我真的很希望我不是這樣的人，」他的語氣非常懊惱。「沒有這些身分。真希望我們在不同的環境底下相遇，一個不一樣的地方，沒有魔法、不管政治鬥爭，也不用欺騙和隱瞞，我們之間沒有這些複雜的衝突。真希望我是別人。」

他抬起頭。「但我無能為力，我就是我，就算聚集全世界的希望都無法改變這個現實。」

立時，心中的怒火不翼而飛，我沉重地靠進枕頭裡，手指揪住靠枕的流蘇，冷靜咀嚼他這番話，開始了解如此重大的責任不是因為他的出生和地位，而是因為他這個人，任何因素都無法改變這一點，但我還是得問一個問題。

「你希望我們之間怎麼樣？」

他一邊嘴角上揚。「妳怎能問我這個問題？妳知道我的感覺——妳可以感同身受。」

我搖頭以對。「有時候很難清楚分辨哪些情緒是你的、哪些是我的，有時候我以為或許你對我有……」我嘆了一口氣。「後來就認為或許是自己癡心妄想的關係。」

「妳沒錯，」他沙啞地說，用力吞嚥了一下。「一開始我就渴望妳。但第一天晚上，妳看我的眼神好像見到怪物一樣，非常害怕我會逼妳……」他沒把話說完，臉上肌肉緊繃。

「後來也一樣。」他嘆息。「每次靠近妳都是一種甜蜜的折磨，我想撫摸、擁抱和親吻妳，渴望接觸全部的妳。」他垂頭喪氣，肩膀垮下。「但又害怕一旦順服心底的衝動讓自己愛上妳，以後會有怎樣的後果，我不敢去想。」

「你擔心這會破除詛咒？」

「那是部分的原因，」他的聲音低得幾乎聽不清楚。「我害怕……怕愛上妳，總有一天妳會離開，留我一人在這裡。」

我渾身顫抖，拚命眨眼忍住眼淚。「不應該那樣。」至少和我想像的不一樣，我想的是和他一齊獲得自由，攜手步入陽光底下，顯然崔斯坦的想法和我迥然不同。

「我想帶你去看好多的東西，」我低語。「是你前所未見的景象。」

「例如什麼？」他輕聲問道。

我稍微思索了一下。「我要你看見世界隨著四季變化而不同，不像這裡一成不變。」

「形容給我聽？告訴我冬天的景象。」

我往後倚著絲質的靠枕，閉上雙眸，認真地回憶。「父親的農場位於半山腰，地點夠高，冬天的積雪可以堆得很高，只看見樹木和房屋，雪花從天空飄然落下，融在舌尖上頭，就在氣候最嚴寒的那些日子，空氣清新無比，周遭好幾哩都能看得清清楚楚。」

船身隨著他欠動的身體上下搖晃，他跪在上方，裙子壓向我的腿，身體的重量將我的臀壓入枕頭裡。斗篷的鉤子鬆開，他撥開柔軟的天鵝絨，露出肩膀，指尖輕輕在我的鎖骨附近移動，手指所到之處挑起了我炙熱的慾望烈焰。他溫暖的氣息拂過喉嚨，我倒抽一口氣，心跳異常劇烈，相信他聽得一清二楚。

「春天呢？」他對著我的耳朵呢喃，頭髮輕輕掠過臉頰旁。

我嫣然一笑。「天氣一天一天的溫暖起來，陽光普照，冰雪開始融化，屋簷的冰柱化成水珠往下滴滴答答，一簇簇綠意從白雪底下冒出頭來，樹梢發出嫩芽，似乎就在一眨眼間，積雪消失無蹤，取而代之的是比翡翠更鮮艷的茵茵草地，大地生機盎然，連藝術家的油彩都難以表達，偶爾會有暴雨，驅走陽光。中午卻突然變成黃昏般黑暗，天空閃電交加，雷聲在山間轟隆作響，春雨來得又快又急，瞬間就把人淋成落湯雞，海面被狂風吹得波濤洶湧。」

崔斯坦的嘴唇輕輕拂過喉嚨處的脈搏，感覺就像體內也颳起風暴一樣，我全身顫抖不已。他的唇沿著頸項親吻，一路來到下巴，勾起一道道的火焰，再把臉頰貼在我的臉頰旁。

「夏天呢？」

「想不起來了。」我低聲呢喃，思緒一團混亂。

「不，妳可以的。」他的手指撫摸著我身體的側面，唯有薄薄一層絲綢阻隔在皮膚中間。

我閉緊眼簾，試著專心思索，想像鄉間的畫面，但是眼前看到的盡是崔斯坦，所有的感覺都集中在激情上，包括他和我。就像沒有星星的夜晚，炙熱燃燒的篝火一樣明顯。我的渴望、我的需要，除了他，沒有別人能夠滿足在我肚子下方逐漸竄升的饑渴。

「百花齊放，」我低語。「田間滿是野花，五顏六色像彩虹一般，動物的皮毛光滑發亮，長得肥肥壯壯，高高的麥田像黃金一樣油油亮亮，暖意驅走嚴冬的記憶，空氣潮溼悶熱，每一口都像吸入水氣，陽光……」我聲音顫抖，雙手攬住他的頸項，手指插入他的髮叢間。「每天升起的太陽像火焰之神，把你的肌膚曬得紅通通的，為大地添加生機，直到入夜的時候消失在地平線裡。」

就在緊閉的眼簾後面，我的眼睛刺痛不已，我咬住嘴唇，崔斯坦輕輕撫摸我的頭髮。我睜開眼睛，凝視他的靈魂深處，看到同情、悲傷和渴望，同時我心底也有相同的感受。為我所失去的、為他從來不曾擁有的，也為他可能放棄的——如果我按照他的心意，從此不再追求破除咒語。

「我愛妳，希賽兒。」他說。我的呼吸梗在喉嚨裡。感覺是一件事，聽他親口示愛又是另一件。

他吻我，一開始很輕柔，隨著控制力消失無蹤，親吻越來越用力。我分開嘴唇，讓他吻得更深入，宛如開啟一道閘門，熱流瞬間湧入全身，理性黯然退位，留下了需要和慾望。

他的手在我身上游移，我撥開他的外套，扯開襯衫，手指掐進他背部堅實的肌肉，感覺他的呼吸熾熱地吹過唇邊，拂過低垂的領口處。我的裙襬被撩起，冷空氣襲向雙腿，我的腳踝纏住他的身體，把他往下拉。我要的只有他，我要全部的他。劍柄戳到肋骨，我抓住他的腰帶，經驗生疏的手指摸弄著他腰帶的環釦。

「希賽兒，住手。」我充耳不聞，感覺身體像脫韁野馬，完全脫離掌控。

「希賽兒！」他扣住我的手腕，壓在枕頭上。「夠了，妳太高估我的自制力。」

我抬眼看他，既傷心又困惑。「你為什麼要自制？我們已經結婚了，我屬於你，而你，」我說。「也屬於我。」我對抗著他的手勁，但他比我強壯，比任何人類更有力。「我們的犧牲還不夠嗎？」

他的唇再次壓了下來，溫暖又甜蜜，他用前額抵住我的。「我也想要妳，我渴望了很久，」他咬著唇。「可是這件事有……後果。」

腦中混亂的思緒突然清明起來，理智回歸原位。「你的意思是……小孩？」

他點點頭，鬆開我的手腕。「如果我們有了孩子，他會跟我一樣被困在這裡。」他撥開我的頭髮。「屆時妳要怎麼辦？為了責任而留下來，然後就此放棄外面世界的生活？或者像妳母親那樣，偶爾心血來潮才跑來看一眼？」

我身體瑟縮。「別說這種話，我不是她。」

他退回身軀，表情莫測高深。我們的感受錯綜複雜，交織在一起，讓我難以釐清。盯著他看了很久，我終於意會過來：他的情緒裡隱含著期待。可是期待什麼？他想要我說什麼？

「妳必須決定自己想要什麼樣的生活。」他的眼睛梭巡我的反應。

我充滿挫折，伸手摀住臉龐。「我做不到，崔斯坦，我跟你不一樣，沒辦法事先規畫未來的每一步，預作每一項決定。」

寂靜。

「當然不行。」他語氣冰冷，一股強烈的悲傷像冰刀似地刺入我的心。「畢竟來到這裡不是妳主動選擇的，一切都是我們強加在妳身上。誰能怪妳有想要離開的念頭？我是笨蛋才會希望妳留下來！」

一股寒顫竄過全身。「崔斯坦，我不是這個意思！」但他已經套上襯衫，一道隱形的力量迅速移動小船，回到隧道的入口。

「我愛你！」我懇求著，說話的語氣聽在自己耳裡都覺得虛弱無力。「我不會把你獨自留在這裡。」

「這是妳說的。」他語氣冷淡，動作僵硬，但是傷害已經造成了，我難過極了。「然而妳是人類，希賽兒，我為什麼要相信妳說的話？」

「崔斯坦。」我伸手想拉住他，但他立即轉過身去，移到小船前方。「該走了，他們應該發現我們失蹤了。」

小船撞上台階，吱嘎地停住，崔斯坦一躍而下，扶我下船的不是他的手，而是魔法，那股能量一路攙扶我走上溼滑的台階，藉力維持平衡，直至我安全地回到隧道中。我們之間經歷這麼多的風風雨雨，看起來造成最大傷害的似乎是我口無遮攔的嘴巴。

11 崔斯坦

我睡眼惺忪望著樹幹，心不在焉地讓魔法自由流轉，沒有特意指示方向。「拜託要撐住。」我嘀咕。「我不在乎你怎樣，只要石頭別掉就行了。」

這是錯誤的態度——因為樹的結構從建築學來看錯綜複雜，加上近來地層活動頻繁，更需要緊密徹底的關注。可是我心煩意亂，思緒都在希賽兒身上，時時刻刻、分分秒秒，她的倩影塞滿心底，甚至睜開眼睛時的每一個呼吸，都和她有關。仔細計算，打從她來到這裡，我闔眼的時間很少連續三個小時以上，醒著的時間認真算起來應該是接近天文數字。

睡眠不足顯然影響了心智判斷，否則還有什麼理由可以解釋我竟然瘋狂到希望她留下來？一開始就是我們找人綁架她，使得她與家人朋友分開，強迫她和連名字都沒聽過的陌生人結婚，對方甚至不是同類。結婚以來，我幾乎不曾善待過她，偶爾還怒目相向，她卻不計前嫌地救了我的性命，傾訴她對我的愛。

說到愛的告白，這又該怎麼解譯？

希賽兒會說謊，我已經見識過她瞎掰的能耐，次數幾乎不計其數，她會撒一點小謊，雖然欺騙不是她的本意。其實狡詐和操控並不是她的天性，我才是這種人，坦白說，我有多少祕密瞞著她？至少一層又一層、環環相扣。

有很多是關乎人民的前途，也有一些關乎我個人的祕密。其實她心裡有數，知道被瞞在鼓裡，但她依然毫無保留、全心相信。從她眼裡，我看到一種自然而然、毫不猶豫的信任，堅決相信我不會傷害她，即便有好幾次，我做的事情傷了她的心，但她向來活在當下，不管興奮或生氣，總之有話直說，不會拐彎抹角，也很少考慮現在的言語舉止對未來的影響是什麼。

而我的性情跟她南轅北轍，舉凡要採取行動或者下決定前都會再三思索，把幾個月、幾年甚至幾十年後的影響都算計清楚，活得小心翼翼、戒慎恐懼，而今我甚至開始擔心有一天醒過來、發現自己垂垂老矣，浪費了太多的光陰，未來歲月所剩無幾。

愛情改變了我，把我拉入當下，渴望將自己完整且全然地獻給她。

但我還是我，不可能完全拋下，按照心裡所願意的那般信任她，我願意為她付出一切，用每一口氣息來愛她，但我料想得到放縱之後可能的結果。我們會擁有頂多幾個月、最多一年的幸福時光，然後預定的計畫就會開花結果，這時就得遵照諾言放手，她將會離開。

我閉上雙眼，看著未來的她慢慢走下溪水路，走上沙灘，頭也不回地跨入陽光下……光是想像，那股椎心之痛就甚於被鋼矛穿心而過。

平常與希賽兒相繫相連的第六感，察覺到她正在移動。因我而起的沮喪情緒，像烽火般發出信號，讓我得以一路追隨她的去向——從皇宮到市區——我不喜歡她到處走動，因為人民對她愛恨交加。

我把任務撇在腦後，匆匆走下台階，越過小橋進入商業區，她的身材雖然比周遭的人嬌小，但我一眼就瞥見那頭紅髮穿梭在人潮裡，侍衛和她相距好幾步遠。她似乎沒有發現我在跟蹤。以前有過好幾次經驗，她常常低頭沉思、想得入神，幾乎要等我走上去拍一下肩膀，她才會發現我的存在。有多少次我跟著她在玻璃花園裡穿梭、聆聽天籟美聲，但她從來不曾察覺附近有我這個聽眾。也可能是她根本不在乎。

希賽兒轉進了巷子，我特意繞過轉角——那個角度可以俯瞰市集、看得清清楚楚——發現希賽兒正跟傑若米・吉瑞德的兒子克里斯多夫交談，我渾身一僵，直覺命令魔法的光芒黯淡下來，讓陰影像斗篷似地裹住全身。

以便監視妻子的行蹤。

克里斯多夫遞給她一顆水蜜桃，她咬了一口，黃色汁液順著她纖細的手指往下流。希賽兒看起來輕鬆自如、無拘無束，跟遇到我的時候完全不一樣，從男孩緊張的反應、紅潤的臉頰，和他趁希賽兒不注意的時候偷瞄她胸口的眼神，顯然他暗戀她很久了。我惱怒地皺著眉頭繼續觀察。

他的長相還過得去，就是身高矮一截，肩膀寬闊，有著農夫慣有的精幹結實，他的髮色就像騾子最愛的乾草，古銅色的臉龐襯托湛藍的眼珠，看起來神采奕奕。

他向來笑容滿面，光這一點就讓我坐立難安——笑口常開的人肯定有心理失衡的問題。但是今天狀況很反常，他那雙嘴唇抿成一條線，臉色陰沉，不知他說了什麼讓希賽兒心情沮喪——感覺她很苦惱。她丟開水蜜桃，把臉龐埋進手心裡面。

他究竟說了什麼？如果是外面出事了，我會收到消息，所以跟她家人沒有關係；或許是他捏造了某些謊言，汙衊我和厝勒斯——想要引起她的反感。

我壓抑衝動，很想跑過去命令克里斯多夫滾蛋，同時安撫妻子的情緒。

希賽兒是我的人，她屬於我。

至少目前是如此，直到她轉身離去、把我留在黑暗中腐爛。

我不寒而慄，趕緊撇開那些念頭。

他們開始爭吵，但是距離太遠、聽不清楚，倘若運用擴音的魔法，這附近的人都會聽到。他的話挑起了希賽兒訝異和困惑的情緒，想必是謊話連篇。希賽兒閉上眼睛，嘴唇看似在喊我的名字，崔斯坦不是……剩下的很難由唇形分辨。

我不是什麼？克里斯多夫拿什麼謊言對我做人身攻擊？或者更壞的狀況——他說了真相？

我氣急敗壞、雙手握拳，看著男孩牽起她的手，姆指輕撫她的指關節，單看表情就知道他想入非非、渴望更進一步，最氣人的是希賽兒在矛盾中掙扎，竟然沒有甩開。我胸口一悶，感覺像被掏空了一樣，呼吸變得又淺又急。

克里斯多夫要帶她離開我。

前所未有的怒火湧入空虛的胸口，我大步衝出巷子、往市集走。

希賽兒的侍衛被我推開時一臉詫異。

「不准干涉。」我嘶聲命令侍衛們。「事實上，你們可以離開了，這裡讓我來處理。」

12 希賽兒

克里斯多夫從馬車籃子裡拿出水蜜桃，我咬了一口，甜美的蜜汁盈滿口中，順著手指流下，是人生一大享受。

「夏季快到尾聲了？」我看著滿車農作物問道。

「是啊，秋收已經開始了。」他蹙眉，古銅色的皮膚在眼角微微皺起。「我想這裡沒有季節可言，四季都一樣。」

我聳聳肩膀，從車上抓了另一顆，坐在噴水池旁邊大快朵頤，克里斯多夫走過來坐在旁邊，侍衛陰沉的表情讓他知難而退，轉靠往馬車那一邊。

「你有見過我的家人嗎？他們都好嗎？」這些資訊可以從巨魔的間諜那邊得知，但我寧願問克里斯多夫，因為他認識我、認識我的家人。

「一週前才在崔亞諾的市場遇見佛雷德，」克里斯開始咬指甲。「他似乎不常回農場，但是他說妳的父親和奶奶都很好，我猜他……」

「你猜他怎樣？」我好奇地追問。

克里斯嘆了一口氣，雙手垂到身旁。「他很自責那天不在蒼鷹谷——如果當時陪妳騎馬回家，就不會發生這種意外，時間過了這麼久，沒發現妳的骨骸、也沒聽到任何有關於妳的消息，大家都懷疑妳……」

「死了。」我沉聲幫他把話說完。

他點點頭，壓低嗓音。「如果可以，我真想告訴他實話，但我甚至無法張開嘴巴，只要嘗試就反胃想吐，對不起，希賽兒。」

我瞪著吃了一半的水蜜桃，頓時失去胃口，知道親人想念是一回事，聽見哥哥為我失蹤而自責不已又是另一回事。

「佛雷德提到想要離開攝政王的軍隊，回家來尋找妳，附帶一提，他說這些話的時候醉得像臭鼬一樣。」克里斯補充。「聽說妳母親提供懸賞，只要有人知道妳的下落，就有豐厚的酬金。我猜是她督促妳哥哥這麼做。」

我把臉埋進手心。「不可以，哥哥一生最大的夢想就是從軍！」從指縫間呢喃。

「我媽媽，她……她很傷心？」

「是啊，聽說宮廷裡的房間家具被她摔得亂七八糟，不斷懇求攝政王派軍隊到鄉間搜尋妳的蹤影。」

「真的？」我錯愕地抬起頭來，完全沒想到母親會因為我的失蹤而如此悲傷。

克里斯點點頭，突然出人意表地跪在我面前，我嗅到強烈的海洋氣息、乾草的芳香，還有在大太陽下辛苦勞動的汗味。他聞起來像人類，有家鄉的味道。

「只要有妳的消息，妳母親就懸賞五十枚金幣，希賽兒，她很富有——還可以付更多，足以把妳贖回去。」

我突然渾身冰冷，僵硬的手指握不住水蜜桃，咚地掉在地上，滾到馬車旁邊。

「不。」

「考慮一下，希賽兒，巨魔最愛黃金，妳母親可以悉數支付，只要他們開口要求，然後妳憑魔法發誓保密，絕口不提厝勒斯的存在，一定就能恢復自由。」

「不。」我只能說出這個字。

「這不是不可能，希賽兒。」克里斯鍥而不捨，誤解了我拒絕的含意。「對巨魔而言，任何東西都有價碼，我們只要找出妳的標價就行了。」

我不斷搖頭。「不，克里斯，我不要離開。」

他驚訝地睜大眼睛。「為什麼？」

「我不要離開崔斯坦，任何原因都不行。」我直視他錯愕的眼神。「我愛他。」

震驚變成作嘔，他退縮地退回身體。「妳在開玩笑吧？」

「我愛他。」我重複一遍。「我不走，永遠不會離開。」

「妳怎麼可能愛上巨魔？」他問道，彷彿咬到什麼苦澀的東西，五官扭曲、皺在一起。「他們是妖怪，希賽兒，是邪惡、卑鄙、自私、貪婪的怪物，我親眼看到他們割開男人的喉嚨，只因為他對巨魔女孩吹口哨；還有一個人被魔法勒死，因為他們懷疑他說謊。噢，有一些外表看起來或許人模人樣，我必須承認這一點，但骨子裡一樣殘酷卑鄙。」他瞥了侍衛一眼，他們站得很遠，聽不見我們交談的內容，但是表情看起來不太高興。「希賽兒，他們是異類，崔斯坦不是人，妳還不如愛上響尾蛇。」

我怒不可抑，猛然往後退。「你根本不了解他——崔斯坦不是那種人。」

「我這一生都在厝勒斯出出入入，希賽兒，我父親也是從小就來這裡，還有我的祖父，以及我的曾祖父，妳以為妳了解他們，其實不然，他們都是邪惡的禍害。」

「你說他們比我們邪惡是錯的，」我爭辯。「我們的國王也跟巨魔一樣都沒有善待人民。」

「妳瘋了，」克里斯嗓音嘶啞。「巨魔貴族把百姓當奴隸，隨意虐殺，根本沒有人性。」

我閉上眼睛。「崔斯坦不一樣，他不會傷害任何人，而且，他也愛我。」我的語氣憂鬱，顯得很可悲，找不到立足點支持自己——我了解巨魔黑暗的歷史，那些是崔斯坦告訴我的，但在內心深處，我相信崔斯坦與眾不同，跟以前的巨魔國王不一樣。

克里斯抓住我的手，感覺暖暖的，不像巨魔那麼炙熱。他翻過我的手掌，和我十指相扣——古銅色的手因為多年農場的操勞顯得很粗糙；我的手白皙如大理石，有女僕伺候，顯得光滑柔嫩。

「希賽兒，妳必須離開這裡，妳已經變了，逐漸在凋萎，」他黝黑的姆指撫摸著我的肌膚。「厝勒斯會害死妳。」

突然間，一股強烈的怒火刺入腦海裡，力量大得讓我頭昏腦脹。

「放開你的手。」後面傳來熟悉的嗓音。

克里斯舉起我的手、親吻指關節，這才慢慢站起身。這個舉動很勇敢，直到魔法的拳頭擊中他的肚子、將他摜向馬車時，或許他才領悟到自己的愚蠢。騾子不悅地叫了幾聲，豎起耳朵貼緊頭部。

我立刻站起來擋在他們中間。「住手！」我使勁推崔斯坦胸膛，試著拉開他們的距離。「克里斯是在告訴我家人的消息。」

崔斯坦根本不看我——眼睛直勾勾地盯著克里斯。「希賽兒不必跟你這種人講話就可以知道家裡的消息。」

「我這種人？」克里斯在我背後站起來，我轉過身去，伸手抵住他的胸口，阻止他再往前一步。「夠了，克里斯。」我大聲警告，可是他和崔斯坦一樣完全不理會我。

「我這種人和你的妻子是同一類。」克里斯不甘示弱。「我認識她一輩子，認識她的父親和奶奶，跟她哥哥是朋友，我跟她在節慶上跳舞，等她在城裡上完課、走路送她回家，我們是同、一、類。」

「她跟你不一樣。」崔斯坦嗤之以鼻，輕蔑的口吻讓人感到畏縮——很像他的父親。「她是我的妻子，是厝勒斯的公主，你不配跟她在一起。」

「她是你的囚犯。」克里斯直言道。

崔斯坦表面沒有反應，但我感覺到克里斯這句話命中核心。

我再次轉身，背貼著崔斯坦，拉起他的手臂摟住我的腰。「那不是真的，克里斯，我告訴你，是我自己想要留在這裡。」

「真的嗎，殿下？如果要的話，她可以隨時離開嗎？她有選擇權嗎？」

崔斯坦靜默不語，我的後腦靠在他的胸口，聽到他的心臟劇烈撞擊。

「跟我想的一樣。」克里斯臉色發黑、怒氣沖沖，「你把她偷走，讓她遠離家人，變成你的囚犯，她可以說她愛你，但我完全不相信，不是你對她用了魔法，就是這句話是特別說給你聽的！」

「你說的不是真的！」我大叫。「閉上你的嘴巴，克里斯多夫！」我抬頭望著崔斯坦。「別聽他的，你知道我愛你。」崔斯坦不肯直視我的目光，唯有扣住我腰部的力道收縮，讓我貼得更緊。

「我們沒有這種魔法。」他從刀鞘抽出長劍，劍身光滑。「我可以為此砍掉你的腦袋，孩子，或是割開你的喉嚨、讓你躺在街上慢慢地失血而死；還可以殺了你父親，因為他把你這個傲慢無禮的小鬼帶來這裡！」崔斯坦的手勁讓我的腰好痛，緊身衣摩擦到骨頭。

我閉上眼睛，恐懼在心中蔓延，我聽到的不是崔斯坦，而是他的父親和歷世歷代那些自私可怕的國王的嗓音。巨魔的聲音。

「不，」我低語。「求求你，千萬不要。」

「對，你可以。」克里斯說道，我終於從他眼裡看到一絲恐懼，他看著我說下去。

「希賽兒，在我看來，他似乎和他們一模一樣。」

「你無權喊她的名諱。」崔斯坦冷不防地開口，腰間痛得讓我倒抽一口氣。

「你這是在傷害她！」克里斯大叫。

一切在瞬間發生，克里斯揮拳攻擊崔斯坦臉龐，卻被魔法的盾牌擋開，崔斯坦把我推開，我的腳被裙襬纏住，整個人摔在地上，但他倆都沒發現。

「你連打架都不像真正的男子漢！」克里斯嚷嚷。「只會躲在魔法後面。」

「錯了。」崔斯坦應道，一拳揮中克里斯的臉，他腳步踉蹌、搖搖晃晃，接著大吼一聲，往前一跳，把崔斯坦撞得往後倒。兩個人在地上扭打，拳頭又重又急，完全不管我不斷地哀求他們住手。克里斯年紀較長，加上經年累月勞力的鍛鍊，身材壯碩肌肉結實，但這是凡人的力氣。沒多久他就被崔斯坦壓倒在地，手指箍住喉嚨。

「你會殺死他！」我尖叫、猛力拉扯他的手指，試圖要他鬆開。「崔斯坦，住手，求求你！」我用拳頭捶他肩膀，指甲掐進手臂，但我好像隱形了一樣，他連正眼都不看。克里斯臉色發紫，死命要掙脫，力氣逐漸虛弱，結果和我一樣徒勞無功。

「求你住手！」我一再地懇求，但他完全不聽，我只好扯開喉嚨尖叫，聲音在四周迴盪。

背後傳來雜沓的腳步聲，好幾個巨魔、包括原本跟隨著我，卻神祕失蹤的侍衛們也都突然現身，還有克里斯的父親。

「快制止他們！」我大喊。

傑若米試圖上前，卻被巨魔抓住腳倒掛起來，無助地吊在半空中搖晃，驚慌的眼神盯著垂死的兒子。

「快幫他！」我大吼。

巨魔們趣味盎然地對看一眼，其中一個朝我搖搖頭，不肯幫忙。如果王子殿下要掐死人類男孩，他們何必插手？在旁邊看戲就好。

我再次抓住崔斯坦的肩膀，使出渾身力氣去拉，還是不夠。克里斯快要死了，我無能為力，最後跪在地上，湊近崔斯坦耳朵低語。

「如果你殺了他，我永遠不會原諒你。」

感覺崔斯坦突然回過神來，臉上怒火褪去，表情駭然、充滿罪惡感。他猛然收回雙手，盯了很久，似乎很驚訝它們在做什麼。然後他站起身來。

克里斯滾到一邊，大口喘氣，因窒息而滿臉的赭紅色逐漸從臉上消褪，「你還好吧？」我輕觸他的肩膀詢問，他縮到一邊彷彿被燙著一樣。

「太強了，」他聲音沙啞。「怎麼有人如此強壯？」

「你這個傻瓜，他們都很強。」我低語。

他眼光朝上，隔著我的肩膀望向崔斯坦，彷彿羔羊看到野狼。「女巫把他們關起來是對的——誰也無法阻止他們。」

「他說得對。」崔斯坦立刻回應。

我望著崔斯坦，他雙手抱在胸前，表情冷峻。

「不，不對。」我故意用堅決的語氣回應，然而受到這般打擊後，語氣已遠不如一小時之前那麼有信心。

崔斯坦閃躲著我的眼睛，轉而對著抓住傑若米的巨魔揮手示意。「放開他。」魔法鬆開，傑若米踉蹌了一下，匆忙跑向兒子。克里斯已經爬起來，抓著馬車邊緣保持平衡，傑若米用力給他一巴掌。「該死的傻瓜！你在想什麼？」他轉向崔斯坦俯身鞠躬。「請接受我最深的歉意，王子殿下，這孩子太年輕，莽撞衝動！」

崔斯坦沒有應聲，靜靜看著我，從口袋掏出一枚金幣丟給傑若米，他伸手接住。「付她吃的水蜜桃。」

傑若米看著發亮的金幣。「那一車貨物付清了，殿下，公定價，一文不多、一錢不少，」他朝崔斯坦點點頭。「我們了解你們的規矩，誠實遵守。」最後這句話我相信是對他兒子說的，然而克里斯就算聽見了，也沒有顯現在臉上。

「你是好人，傑若米。」崔斯坦語氣沉重，就此轉身走開。

巨魔紛紛讓路，目送他走出市集，我對克里斯怒目相向。「你對他們的看法是錯的，你錯看他了。」我撩起裙襬，試著追上崔斯坦，侍衛緊跟在後。

❦

崔斯坦走進客棧，這裡很少有貴族光顧，不是因為食物粗糙或裝潢老舊——厝勒斯很少有這種狀況——是因為價錢公道便宜，對工人階級更具吸引力，換言之，混血種常來這裡。

中午時段尚未結束，屋裡空空的，只有崔斯坦和老闆，後者在擦酒杯，力氣大又急躁。

「來杯飲料，夫人？」看我穿過桌子走向崔斯坦，他開口問道。我搖搖頭，坐在崔斯坦對面。桌上一杯琥珀色的飲料還沒動過，威士忌濃烈的氣息飄入鼻孔裡，他手邊還有一整瓶。

「奶奶常說喝酒或許可以忘記，但不能解決問題，」我說。「再者，我也沒看過喝醉的巨魔。」

「妳奶奶話很多。」崔斯坦讓液體在杯緣沙沙地搖晃、再倒回去。

「奶奶知道很多諺語，通常很有道理。」

「如果我奶奶還活著，老是拿這些諺語對我耳提面命，或許我會更有智慧。」

他伸手拿酒瓶，被我一把推開。「不行。」

他的手放回桌上。「妳應該離開，希賽兒。」

「不。」他沮喪悲慘的情緒壓得我全身發冷。

「我傷害了妳，又因為妳的朋友說了實話、碰了妳幾下，我就差點掐死他。」他的下巴靠在手背上。「他是對的，他說的每一句話都是真的。」

「不是每一句。」我低語。「我愛你，崔斯坦，我想留在這裡陪你。」

「我應該支開侍衛，讓克里斯把妳藏在馬車裡帶走。」崔斯坦眼神茫然，心不在焉。「他暗戀妳——我猜應該很久了，他會是一個好丈夫，你們可以住在農場裡，看著黃金色的麥浪，養出金髮的兒女。」他的語氣充滿渴望。

「不！」淚水撲簌而下，痛苦的情緒加在一起，幾乎要把我淹沒。

「在太陽下，和妳家人團聚，那裡才是妳歸屬的地方。」

我渾身疼痛、不能思索、無法呼吸。崔斯坦要把我送走，因為他認定這是我內心最深處的渴望。以為這麼做對我最好，可以給我更多的幸福。然而一想到再也看不到他的臉，不能和他肌膚相親、溫柔接吻，心痛的程度遠大於肉體上的折磨。

「我本來就計畫離開他們，而且……」我努力思索著要如何表達。即使十年後和家人團聚，他們還是我的家人，依然會跟以前一樣愛我，親情不會隨時間變化，然而如果崔斯坦和我就此分別十年呢？我們的關係嶄新而脆弱，時光會將痕跡帶走，一切都如沒發生過般地完好如初。想到會失去他就讓我心碎。

「對我而言，你更加重要。」我終於說出口。

一語驚醒夢中人，他從懊惱的情緒裡回過神來，直視我的眼睛。「妳不是認真的。距離會沖淡聯繫，思念越來越少，直到有一天，妳在厝勒斯的時光變得像惡夢一樣，留下的只有手背上奇特的痕跡。」

我用袖子抹去臉上的淚痕，凝視他的眼睛。「你會忘記我嗎？你所愛的人類女孩的記憶隨著時光消逝，就像惡夢一場？」

他眼神變暗，別開目光。「不，不可能。」

「那你怎能相信我會遺忘？」我想拉他的手，他縮回桌子底下。「我愛你，崔斯坦，若有選擇的機會，我會留下來，你必須相信這一點。」

「我做不到。」他的聲音小得幾乎聽不見。

「為什麼？」我氣得捶桌子。「你為什麼不肯相信我？為什麼不信任我？」

「因為妳是人類，希賽兒，妳會說謊，甚至會欺騙自己。」

我還抱自己的身體，試著驅走沮喪悲慘的情緒，驅走那股寒意。

「走吧，希賽兒，我需要安靜一下，仔細思索。」

我推開椅子，椅腳在地面上摩擦，這是室內唯一的聲響。我走向客棧入口，推開大門時，突然聽見坐在角落的崔斯坦跟老闆索取紙、筆和墨水，我僵在原地，迫不及待地想要知道他寫些什麼？會不會把字條塞進我的口袋，再把我推上要離開的馬車裡？

「把字條送給安蕾絲小姐。」崔斯坦說道，我感覺好像被人擊中要害。我輕輕關上大門，匆匆走到街道上，以免被送信的巨魔撞見。

他想要一個人安靜，是嗎？應該說不想看到我才對，我必須相信崔斯坦說他跟安蕾絲沒有私情，然而他們依然是最親近的好朋友，想到他寧願從她那裡尋求慰藉，就讓我傷心欲絕。

抹去所有的淚痕，我裝出煞有介事的模樣，其實連目的地在那裡都不知道，只是漫無目標穿梭在厝勒斯的街道上，盡力忽略周遭好奇的眼光，和某些巨魔不爽的眼神，還有在背後嘀咕的侍衛——他們向來只保持兩步的距離，最後我來到皮耶家門口。伸手叩門，等了一陣子，決定推門進去。「皮耶？」

「希賽兒夫人！」矮小的巨魔滾著凳子滑進來，本來笑容可掬的臉龐一看到我的神情就嚴肅了起來。「怎麼了，孩子？」一疊紙從室內僅有的椅子上浮起來放在地板上。「坐，請坐！」

「真是悲傷！」他滾過來，握住我的手，溫柔地拍了拍。「我想是因為王子殿下和人類男孩之間的爭執，猜對了嗎？閒言閒語在厝勒斯總是傳得飛快。」

我沮喪地點點頭，一邊傾聽崔斯坦的心聲：淒慘的感受不見了，現在是斷然的決心。我咬住嘴唇，試著保持鎮定。崔斯坦朝這邊而來，應該快到了。

「戀愛中的年輕人，都是傻瓜，巨魔和人類都一樣。」

「崔斯坦差點殺了他，皮耶。」

矮小的巨魔表情肅穆。「我聽說了。」他嘆了一口氣。「不是公平競爭——人類不可能打贏巨魔，巨魔的力量來自於另一個世界。」

我豎起耳朵，或許皮耶會比較樂意透漏和巨魔有關的歷史資訊。

「另一個世界？那裡就是巨魔的故鄉嗎？」我假裝無知，試探他會說什麼。

他微微一笑，手指貼住我的嘴唇。「有些事情還是保持神祕比較好，知道嗎？」

代表行星和衛星的玻璃球浮到半空中，開始繞著發光的太陽轉動，繞了一圈又一圈，我看得入迷，納悶哪一顆是巨魔的故鄉。接著玻璃球一顆一顆不見了，最後只剩月亮和太陽彼此環繞，兩顆一樣明亮，一顆銀白、一顆純金，就像崔斯坦和我。

「皮耶，如果魔咒解除了，你想巨魔會和人類宣戰，奪回島嶼掌控權嗎？」

他別開目光，眉頭深鎖。

「是的，」他說。「只要苔伯特當王，巨魔自由的代價就是人類血流成河。」

「如果是崔斯坦當國王呢？」

「崔斯坦還沒有繼位。」

「有一天他會是國王。」我鍥而不捨。

矮小的巨魔沉默了許久。「我不知道他會怎麼做。」他終於開口，月亮和太陽一起掉入他手中。「我想很可能要依妳而定，夫人。」

我閉上眼睛，這是一個答案，只是對我幫助不大。「皮耶？」

「是的，親愛的夫人？」

「如果有機會，你會想要離開厝勒斯到上面去嗎？」

不用睜開眼睛就知道他在微笑。「噢，是的，希賽兒，」他說。「我很想看看天空的星星，」他嘆息。「爬到最高的山巔，蓋一座前所未有、最偉大的望遠鏡，凝視那些星星，直到我的光熄滅為止。」

我嫣然一笑。「謝謝你，皮耶。」

「謝什麼，夫人？」

「謝謝你給我所需要的答案。」

大門被碰地撞開，我轉身望著崔斯坦。

「你必須跟我來，希賽兒，就是現在。」

我的時間到了。

13 希賽兒

「退開。」離開皮耶家以後，崔斯坦冷不防地對侍衛說道。「我不要你們偷聽我說的每一句話。」

他們擔心地對看一眼，但是崔斯坦的表情足以讓他們退出至少是平常三倍的距離之外。

「要去哪裡？」我提問，雖然心裡已經知道答案——他要我離開。他或許愛我，卻沒有辦法信任我，少了信任感支撐，這段感情註定要失敗。

「溪水路。」他低聲咕噥。

我想爭辯，懇求他讓我留下來，但這有什麼用？又不能逼他信任我，沒有任何方法可以證明我的真心，即使一開始來到厝勒斯是被綁來的，並非心甘情願，而現在要我離開也是違背我的意願。然而了解我的感受跟知道我的想法純然是兩回事。

「守衛不會讓我通過的。」

「沒錯，但他們不會阻止安蕾絲。」

我不解地看著他，「你說什麼？」

「等一下就明白了。」

崔斯坦帶著我穿過一系列的巷道，終於停在一棟建築物後面。叩門之後，有人來開門，對他深深一鞠躬。

「殿下，夫人。」深棕色的頭髮意味著他有人類血統，但崔斯坦沒有多做介紹，男人指著另一個房間的入口，並沒有跟進來。

「終於到了，你以為我整天閒閒沒事就是坐在這裡等你們嗎？」安蕾絲斜倚著沙發，笑得非常得意，看到我皺眉，她笑得更開心。「不必那樣，希賽兒，我是幫妳忙，做人情給妳。」

「不，不對」崔斯坦咄道。「妳是幫我忙，所以這個人情要找我還。」

她起身走到崔斯坦旁邊，接待室擠了三個人似乎稍嫌擁擠，安蕾絲靠崔斯坦靠得很近，臉上滿足得意的笑容讓我很想揍她，雖然到最後挨揍的可能是我。

「如果這事對妳沒好處，妳不可能配合，安蕾絲。」我今天筋疲力竭，累到沒有餘力對付她，就算使出全力，她還是略勝一籌。「所以這不是人情債。」

「隨便妳怎麼說。」安蕾絲呵呵笑。「轉過身，崔斯坦，我不是妳的妻子，至少目前不是。」說到這裡，她還故意眨眼睛，我想要出手打人的衝動大得難以壓抑。

「快點，安蕾絲。」崔斯坦臉色陰沉，還是轉過身去。

「幫我。」她轉身背對我。「我們必須互換禮服，我沒自己穿過那樣的東西。」

「就算換了衣服，別人也不可能把我們弄錯。」我應道，開始解開她衣服背後的金色鈕釦。她的皮膚柔細光滑，摸起來溫熱，蕾絲內衣讓我聯想起馬克手指間的刺青紋路，黑色對應瓷白。

幫安蕾絲解開所有的鈕釦之後，我也脫掉了身上的衣服，完全不需外人協助。當她轉過身來，我羞紅了臉，幸好崔斯坦背對著我們。

盛裝的她已經是我平生所見最美麗的女孩，現在半裸的模樣，更是所有男人幻想的對象。相形之下，我覺得自己像巨魔，身高矮一截、胖了半圈、胸小、臀又肥。

我們換上對方的衣服，安蕾絲的衣服緊得讓我幾乎無法呼吸，我的則是鬆鬆垮垮地掛在她苗條的身上，等她脫掉鞋子赤腳站立的時候，這才發現原來她沒有比我高多少。

「就巨魔而言妳很矮。」我忍不住說出實話。

她以手指貼著嘴巴，將鞋子遞給我。「不要讓別人知道。」

我套上鞋子，感覺像踩高蹺似地搖搖擺擺，暗忖會不會走不到兩步就跌倒，這時安蕾絲從袋子裡掏出一頂黑色假髮和一只鑲著金框的鏡子。

「頭髮比較麻煩。」她嘀咕著。

她花了一點時間才把我的紅髮塞進假髮，嫌小的緊身上衣勒得我的骨頭好痛，讓我只敢淺淺地呼吸，汗水沿著背脊滑下。安蕾絲舉起鏡子審視自己的臉龐。

「現在開始換臉。」她表情專注、眉頭深鎖，我驚訝地發現她的黑髮開始變成紅色，五官也跟著起變化，最後眼前的女孩竟變得跟我像模子印出來的一樣。

「現在換妳了。」

我只感覺到一股溫暖的魔法拂過臉龐，此外沒有任何感覺。

「大功告成。」她說。我看見「我自己」嘴角一歪露出得意的笑容。安蕾絲把鏡子遞過來，讓我攬鏡自照。鏡中的「安蕾絲」悻悻然地看著我，連眼珠都變成銀色。

「妳不要皺眉頭，」她說。「會有皺紋。」

我舉手比個手勢，完全不管淑女的風範。

變成我的安蕾絲藍眼睛睜得很大，並聳聳肩膀。「隨便說說的。崔斯坦，你可以轉身了。」

他轉過來、輪流打量我們兩人。「應該可以。」握住我的手用力捏了一下，用意大概是想安撫我，可惜沒效果。我清楚知道所有的變裝和欺騙只是更進一步把我們推向分別的過程。

「請你不要逼我這麼做，崔斯坦。」我低語。「我不想離開。」

他搖搖頭。「但我必須這麼做，希賽兒。」他彎腰想親吻我，但我別開臉——我可不想讓他吻安蕾絲的臉。

「真感人，」安蕾絲打岔。「可惜我的魔法缺乏照顧就會鈍化、崩解。那張臉大概只能撐半小時的時間，然後就會變回來。」

崔斯坦點點頭。「妳會待在哪裡？」

「玻璃花園，或是到處閒晃，假裝很憂鬱的樣子。」

「妳確定要這麼做嗎，安蕾絲？」崔斯坦和安蕾絲對看了好一陣子，他們之間熟稔的程度讓我嫉妒，這是他和我永遠無法擁有的。「妳幫我，他不會輕易放過妳。」

「我不會拒絕你的任何要求，崔斯坦，從來不會對你說『不要』。」她傲然揚起下巴。「未來也是如此。」他們意味深長地對看一眼，接著安蕾絲轉身走出去，平底鞋走起來輕鬆自如。

崔斯坦等了一會兒，然後握住我的手臂，帶我回到城區，下山谷往溪水路走去，我盲目地跟著他往前走，對人事物視而不見，用盡全力保持鎮定，穩穩踩著安蕾絲的超高跟鞋。「別說話，」崔斯坦呢喃。「他們會認出妳的嗓音。」

抵達重兵防禦、氣勢逼人的大門前時，神經緊繃到極點，守衛們對我們彎腰鞠躬，其中一位舉起圍堵的鐵柵欄，大門無聲地開啟。

「沒看到石頭掉下來，殿下。」其中一位說道。

「沒有落下之前都沒有問題。」崔斯坦說道，拉著我向前。

⚜

傾斜的路面陡峭難行，石頭磨到平滑無比，溪水讓一切變得又溼又滑，沒多久我就被迫脫下鞋子，赤腳走路，路面大約十呎寬，湍急的溪水就在不到數呎的下方。

崔斯坦逕自往前，沒有看我一眼，但鬆開我的手臂，改牽著我的手。我抓得很緊，想要牢牢記住他的肌膚和他的拇指按揉我指關節的感覺。每走一步路，就更接近他要逼我離開的那一刻，看見太陽的光芒出現在前方，恐懼刺入胸膛。那裡是隧道的終點，也是我們的結束。

感到害怕的不只我一個，看見靠近隧道終點處透進來的日光時，崔斯坦的恐懼揚升、近似恐慌。

「如果你太靠近，咒語會做出反應嗎？」我忐忑不安地詢問。

崔斯坦被我的聲音嚇了一跳。「不，」他說。「不，不是那件事。」他突然停住腳步，舉起手，用指關節輕叩某種聽起來像玻璃的東西，我猜肯定比玻璃強韌很多。「不，不是那個。」他重複，隨即發出呻吟聲，腳步踉蹌地退出屏障的範圍，歪靠在石壁上。

「崔斯坦！」我驚惶地跪在前方，擔心詛咒害他受傷。他攫住我的肩膀把我拉過去，扯掉我的假髮，將臉龐埋入我的髮中，身體顫抖不已。

「我無法失去妳。」他低語，並伸手抹去安蕾絲的魔法，讓我變回自己。

「那你為什麼要這樣？」我詰問。「為什麼要帶我來這裡？」

「因為我不能這樣活下去，希賽兒，感覺好像快瘋了，時時刻刻忐忑不安，擔心一轉身妳就跑走，永遠無從知道妳是說出心裡真正的感受，或者只是投其所好、說我想聽的話，我必須了解妳是自願留在這裡，而不是情勢所逼，沒有選擇的餘地。」他退開身體，直視我的眼，我發現他淚眼迷離、臉上淚水縱橫。

我拭去他的淚水，凝視指尖閃閃發亮的水珠。「我不知道巨魔也會哭。」

他眨眨眼睛。「又一個荒誕的傳說？」

我搖搖頭。「不，我……初來乍到，我以為巨魔沒有感情、不會感到悲傷，也不像我們會痛苦、有失落和惆悵的情緒。」我把淚珠送入嘴中，嘗到甜蜜的鹹味。想到自己有多少次親眼看到巨魔真情流露，證明那些都是誤傳。「我錯了。」

我們坐在路邊，我倚偎在他胸前，遙望海浪沖擊岸邊，把水流沖向內、浪退時再帶出去；一股暖風送入隧道口，帶著海草和鹹味，同時還有海鷗的叫聲。這是崔斯坦能夠抵達厝勒斯外在世界的最邊緣，就是這一小塊地方，和一成不變的海景。

「崔斯坦？」

「嗯？」他聲音沙啞，充滿濃濃的感情。

「你真的要讓我選擇？不會再質疑我的決定？」

他閉緊雙眼，搖搖頭。「我不會阻止妳。」

「如果我要留下來，你不會反對？不會再逼我離開？」

他眼皮抽搐了一下，依然沒有睜開。「決定權交給妳。」

我用力吻他一下，啜飲美妙的滋味，感覺醺然陶醉，甘心不顧一切，只要他不叫我離開，要說什麼話我都願意。

「那我要留下來，永遠跟你在一起。」我在內心深處，知道自己並沒有仔細思索這句話隱含的全部，只是盲目相信崔斯坦決心要實現的計畫統統會成功，或許要花一年、兩年的光陰，但我不是永遠與外在的世界隔絕，應該不至於。

他緊緊擁抱著我，伸手撫摸我的背，但我沒有感受到這些話帶給他的輕鬆感。

「妳太急躁了，我的愛，」他輕聲提醒。「這是妳的心在講話，不是出於理性的決定。」

「那又怎樣？」我貼著他的胸膛，聲音含糊。

「妳在這裡無法做決定，巨魔魔法太強大，妳有一半感受是我的，可能妳根本不知道自己要什麼。」

「不，我知道！」我大叫，隔著襯衫布料的嗓音依舊含糊。「我要你！」指甲掐入他的肩膀，用力呼入他乾淨的氣息。「我要你。」

崔斯坦站起身來，依舊把我緊緊擁在胸口，接著握住我的手腕，輕輕拉開，把我推向屏障之外，我穿過黏膩濃厚的魔法，腦海中洶湧的情緒立刻減弱成模糊的呢喃。我驚呼一聲，痛恨那種失落感，試著邁步向前、返回他身邊。崔斯坦舉手制止。

「去到陽光底下，仔細想想和我共度一生、妳必須要放棄的一切，如果決定不回來，那麼……」他用力吞嚥口水，丟給我一個重重的錢包，我接住時發出叮噹響聲。「這些夠妳生活一陣子。」

「假如我決定回去？」

「我會在這裡等著。」

我轉身眺望海洋，河流通往小小的海灣，遠在山脈崩塌、改變海岸線之前，那裡一度是厝勒斯的港口，我立足的地方一半在上方岩石的陰影底下，即便到了這裡，詛咒依舊把巨魔困在黑暗處。

舉步走向沙灘，小心翼翼越過岩石嶙峋的海灣，直到夏天的艷陽像炙熱的牆壁迎面撞過來。仰臉對著天空，望著金黃色的大球，眼睛因著強光而刺痛灼熱，然後我開始奔跑，越跑越快，兩腳陷入潮溼的海沙裡，一直跑到水邊，我拉起裙襬、踩進海水裡，盡情享受廣闊無際的空間感，任由鹹鹹的海水沖刷腳跟。我開始轉圓圈，眺望四面八方的景色，海鷗在天空飛翔，高山一脈翠綠，除了裂開的那座山，可以看到石英和黃金的脈絡閃閃發亮。我跑下沙灘，來到巖石入海的邊緣，再沿著小徑來到青翠草地，直接躺下來，大口呼吸新鮮空氣。

仲夏季節萬物欣欣向榮，青翠碧綠，我盡情享受溫暖的陽光，讓暖意滲入骨頭裡面，周遭的一切明亮又充滿生命力，我發現崔斯坦是對的：我很懷念這一切。然而我對他的懷念會勝過這一切嗎？

我側躺、蜷縮身體，頭部靠著手肘，摘起一片片青草。

「仔細想，希賽兒！」我命令自己，但是很難很難，因為崔斯坦的悲傷像一個死結卡在心上。「你以為我走掉了。」我對著不到一呎距離的小野花低語，大部分的我想要一躍而起，跑回他身邊，但假以時日，我會不會懊悔自己草率的衝動？

仔細想想和我共度一生、妳必須要放棄的一切。崔斯坦的嗓音在腦海中迴響。

第一項是自由。拋開厝勒斯，未來有無限的可能，可以回農場投靠父親，也可以去崔亞諾的宮廷投奔母親，住在那裡。可以登上偉大的舞台獻唱，橫渡海峽到地上島國去觀光，如果在厝勒斯生活對我任何幫助的話，那就是克服對未知的恐懼。在這裡，任何事都可以做，我不會限制自己。

我是否感到孤單？我皺眉頭，蒼鷹谷有我的家人和朋友，可是那不一樣。奶奶年紀大了，父親忙著照顧農場，哥哥一心要從軍，不用多久就會和心愛的女孩結婚，籌組新家庭。一旦父親離世，佛雷德會繼承農場和所有的土地，屆時我就沒有立足之地。嫂嫂肯定不會希望小姑一直住在家裡。

我忍不住嘆息，孤單老去的念頭沉重地壓在心底，永遠得不到愛人的親吻和撫觸，變成老處女，直到雞皮鶴髮、心如死水。或許崔斯坦是對的，或許我應該忘了他，找別人共度一生。

克里斯多夫那雙手的觸感突然浮現心頭，粗糙長繭，屬於農夫的手；湛藍的雙眸，十足是人類的眼睛；他長得還算英俊——慶典的時候，村裡的女孩都搶著和他跳舞；他生性善良、體貼、工作勤奮，無疑是一個好丈夫。但他適合我嗎？我開始想像和克里斯手牽手散步的感受，跟他在星空下擁吻的滋味。如果嫁給克里斯、跟他同床共枕，那是什麼感覺？

這個念頭讓我退避三舍，不是克里斯惹人嫌惡，而是和崔斯坦之外的人同床的想法都叫我反胃。

我站起身來，沿著沙灘走到落石東邊，接著爬上斜坡，站在一座木橋的邊緣。它橫跨岩石兩端，似乎已被建造多年。從這裡可以遠眺介於魔山和沙灘中間山石崩落坍塌的全景，若不是親眼看見，實在很難想像有一整個城市的居民住在下方。邁步通過木橋，我小心翼翼地選擇落腳之處，以防被木屑刺入光腳丫。當我來到溪水路正上方、崔斯坦等候的位置時，我停住腳步。從這裡繼續往東走，終點就是崔亞諾，往西再朝北走就是蒼鷹谷了。

人生的抉擇。

橋上響起馬蹄聲，男子騎著高大的白馬正要過橋，一看到我就策馬前進，飛快縮短我們之間的距離，然後拉住坐騎，突兀的動作迫使白馬幾乎人立起來。

「姑娘！妳獨自一個人在這條路上做什麼？這樣不安全！」

單從衣著和坐騎品質來判斷——或許是個有錢的地主，也可能是低階貴族。

「要擔心什麼？」我倚著欄杆反問，答案其實有很多，我沒有武器，崔斯坦更是救不了我。

男子把我從頭到腳打量一番，包括珠寶和華服。「像妳這樣的美女嗎，小姐？」他微微一笑。「非禮，至少是一項。」

我揚揚眉毛。「像你如此有地位的人不會想到這種事吧，先生？」

他點點頭。「有人敢動歪腦筋，我馬上砍掉他的頭，姑娘。」他伸出一隻手。「讓我載妳回城裡。」

我凝視他的手——機會來了。如果我抓住的話，我就可以回到我原來的位置。一旦到了崔亞諾，就再沒有回頭的機會。

我搖頭婉拒。「有人在等我。」

男子哈哈大笑。「幸運的傢伙，再見，小姐。」他策動坐騎，馬兒小跑而去。一直等到看不見他的蹤影，我才扶著木橋往回走，下到海邊，在沙灘上坐了很久。

返回厝勒斯要放棄很多東西，但是不回去，又有很多要拋在腦後。不只要撇下崔斯坦，還有馬克和雙胞胎，以及這段時間裡認識和交往的巨魔朋友。厝勒斯的確有黑暗的一面，也有許多我深愛的地方，一個小小城市，充滿無限機會——一旦崔斯坦當上國王，他會抹去所有的黑暗，留下光明。

還有混血種的前途要考量，感覺就像欠他們一個交代。我很想協助他們完成那些迫切需要的改變，給他們機會活得更有尊嚴。拋下那些礦工在現有環境下苟活的念頭使我充滿罪惡感，況且他們已經認為我有一次試圖拋棄他們。

捧起沙子在手心裡倒來倒去，左思右想、躊躇又衡量，感情的事情實在很難論斤計兩、用價值考量。當我終於站起身時，我已經很清楚我的決定了。

回頭走向溪水路的河口，崔斯坦一定聽到聲音，或者至少感覺我來了，因為他站了起來，傾身靠向隱形的屏障。

這個地方如同黎明時的曙光，是黑暗與光明之間的橋梁，雙方爭奪掌控權，任一方都沒有真正得勝。在這裡，崔斯坦看來就像普通人一樣，巨魔的光不見了，眼珠依然銀得不太自然，但不發亮了，那種異類的感覺消失無蹤。走近他時我忍不住納悶，如果站到艷陽底下，他是否會變得跟普通人類一樣。

他依然俊美帥氣，就像夢裡走出來的王子，只是冷冰冰的完美因著焦慮、恐懼和希望的情緒而軟化，帶著痛楚的希望。

來到屏障邊緣，我停下腳步回頭張望，浪濤湧上來，潮水沖進河道。即使在陰影底下，暖入骨頭裡的陽光依然帶著一股在厝勒斯找不到的熱氣。我的世界，我的人生，我的抉擇。

我清清喉嚨，開口宣布。

「我決定好了。」

14 希賽兒

我心所愛。

「我選擇你。」我跨過魔法屏障，把他往後推，身體穿越的瞬間，他的情感像巨浪一樣撞到我身上，釋懷、喜悅，和最重要的……愛。我陷入其中，我們一起沉淪。

「希賽兒。」他把我摟進懷裡、熱烈擁吻，不再有所保留。我們跪在地上，盡情享受他吻我的唇、臉頰和喉嚨。他對一大排釦子失去耐心，一把扯開禮服背後，金鈕釦像雨點灑在石頭上，紫色絲緞垂落在腰間，我脫掉他的襯衫，丟在旁邊，我們之間除了安蕾絲幫我繫得很緊的絲質胸衣以外，別無衣服。崔斯坦的狂吻逐漸緩和，嘴唇在我瘋狂跳動的心臟處逗留，手指摸索胸衣背後。

「妳穿這個怎麼呼吸？」他呢喃。

「是不能呼吸，」我急促地喘著氣。「所以幫我脫掉。」

隧道傳來咳嗽聲，我們僵在那裡，回頭一看，年輕的巨魔守衛站在隧道上面不到幾步的地方，眼睛盯著腳前的地面。我慌張尖叫，急忙拉起衣服遮掩身體，試圖恢復部分的端莊和尊嚴。

「你來得真不是時候。」崔斯坦說道。

「對不起，殿下。」守衛冒險偷瞄我一眼。「她不應該出現在這裡。」

「你也不應該跑來殺風景，」崔斯坦說道，嘴角往上揚起。「我願意寬恕你的莽撞，只要你假裝沒看見就好。」

「是的，殿下！」

「你現在開始往回走，我們隨後跟上。」

守衛不安地看我一眼。「她不會離開吧？」

「不，」崔斯坦回應。「她會跟我一起回去。」

「安蕾絲肯定不高興。」守衛離開之後，我低頭檢查撕破的禮服。

「很可能。」崔斯坦欣然同意這個說法，套上襯衫，望著黃昏的夕陽。「我們必須回去了。」

我盡力拉好撕破的衣服，一手拎著安蕾絲的鞋子，另一手牽著崔斯坦，沿著溪水路往回走。

雖然是上坡，回程的樂趣遠比下坡走向海邊愉快很多，崔斯坦卸下肩膀上的重擔，愉悅的心情和我如出一轍，現在他確信我不會暗地裡尋找逃離這裡的途徑，一切雨過天青，我想他開始對我產生信任，這個收穫跟他對我的愛意一樣重要。

看到前方守衛頭頂發亮的光球，我有點小緊張。

「國王他們不會大發脾氣吧？」我問崔斯坦。

他皺眉。「很難說。」

光芒朝我們而來，年輕的巨魔守衛一邊跟同伴解釋、一邊朝我們揮手示意。

「諸位，抱歉剛剛瞞過你們。」崔斯坦說道，親切地伸手環住其中兩位的肩膀。「這次小小的冒險之旅除了我們六位以外，不必讓別人知道，可以嗎？」

資深的巨魔嘟噥幾句，終於同意保持沉默。

年輕的那位盯著我看。「既然妳在這裡，那麼……」他的目光轉向大門口。「那位是……」他扮了扮鬼臉。「看來你們要擔心的不是我們。」

穿過大門，假扮我的安蕾絲就站在不遠處，表情焦躁不安，一看到我們，煩躁頓時消失無蹤，五官跟著轉換，紅髮變黑，圓臉變尖，藍眸恢復銀色。當她發現我衣衫不整，霎時領悟背後的含義時，眼中射出怒火。

「看來妳決定留下來。」她粗聲說道。

「是的。」我承認，伸手去拉崔斯坦時，突然站立不穩、摔在地上，一開始以為是安蕾絲用魔法偷襲，隨即發現周圍的一切都在搖搖晃晃，巨魔也摔倒在地上，好些碎石和灰塵從魔法盾牌上掉下來。

「地震！」有人尖叫示警。

崔斯坦伸手抱住我，用身體和魔法保護，免得我被上方滑落的東西砸中。

「托住、托住、托住！」他一遍又一遍地複誦，緊盯巨大的魔法樹，強化它撐住幾百萬噸的巨石，以免落在眾人頭頂上。

岩石滑動，互相碰撞摩擦，山搖地動的噪音甚至淹沒瀑布的水聲。

地震開始沒多久，搖晃便停住，眾人紛紛起身，目不轉睛盯著滑動的岩石，隨後發生一件難以想像的事——像房子般大小的巨石穿過層層封鎖的魔法、直落而下。

「不！」崔斯坦大叫，快步上前，彷彿試圖要接住那顆大石頭，但魔法再怎麼快速，終究有它的極限。石塊砸中了城區。

尖叫聲四起，有驚慌慘叫，有痛苦哀嚎，那些人在巨石的襲擊下痛失摯愛。

「我必須……」崔斯坦心慌意亂地看著我，隨即轉看向安蕾絲。「帶希賽兒回皇宮。」崔斯坦抓住她的肩膀強調。「用妳生命發誓，答應我，妳要保護她的安全！」

安蕾絲木然地望著崔斯坦。「我答應你。」

他拔腿就跑，衝向尖叫的居民，安蕾絲一把扣住我的手臂。

「我們必須離開，皇宮有千年魔法強化牆壁厚度，那裡對妳來說最安全。」然後她回頭看向守衛。「把每個人疏散到高處，海水漲潮很可能倒灌進來。」

她扣緊我的手腕，帶我穿過城區。馬路上擠滿巨魔，很多縮在樹幹支柱附近，一張張專注的表情充滿緊張和恐懼。

「他們在做什麼？」我提高嗓門，壓過尖叫聲和晃動的石頭。

「幫樹幹灌注魔法。」安蕾絲高聲回應。

「有用嗎？」我盯著頭頂上方鬆動搖晃的巨石。

「崔斯坦不會讓它掉下來。」

地面再次晃動起來——程度雖然不像第一次那麼厲害，但我還是被震得失去平衡。安蕾絲及時抓住我，用自己的身體緩衝倒地的撞擊力，膝蓋撞在地上立刻破皮流血，小腿鮮血淋漓。安蕾絲用魔法立即裹住我的身體，把我緊緊包覆，細碎的石頭自動彈開，玻璃被落石震碎，碎片紛飛。我感受到的不只有我的害怕，崔斯坦也很恐懼，這樣無疑是雪上加霜。

搖晃程度終於緩和下來，安蕾絲扶我站起來，再次快跑，她以自己為擋箭牌來保護我，推開擋路的巨魔，只要有任何風吹草動的搖晃現象，她立刻用魔法裹住我。我的裙襬黏住沾血的膝蓋，但是強烈的恐懼讓我無暇顧及皮肉的疼痛。

「妳為什麼要幫我？」另一次餘震來襲，我們抓緊彼此，我忍不住問她。

「因為如果妳死了，他也會沒命。」她說道。「一旦他死掉……」她兩眼望天，話到舌尖又吞了回去。「我們必須快點進去。」我們一起跑進皇宮，裡面空空蕩蕩。

「大家去哪裡了？」我問道，跟著安蕾絲穿梭在走廊裡。

「出去幫忙了。」她簡潔的語氣讓我明白她寧願出去盡一己之力，勝於躲在這裡。「除了妳和我，只要能動的都出去了。」

我生平第一次感覺自己是累贅，毫無用處。

「如果妳想走，可以離開，我一個人在這裡很安全。」或許不盡然，鮮血已經滴下腳跟。

「除非他另有交代，不然我必須留下來，」安蕾絲推開房門，走向衣櫥。「脫掉那件衣服——妳不能衣衫不整，到處亂跑。」

「對不起。」我咕噥著，脫掉破損的衣服、小心翼翼地掛在椅子上，膝蓋的傷口看起來有點嚴重，我抓著手帕，心裡在想要怎麼包紮比較好。「衣服的破洞或許可以縫補。」

「如果我還要穿的話。」安蕾絲拿了一件黃色緞面禮服。「來吧，妳穿這個顏色還不錯。」她撇撇嘴唇。「妳為什麼流血？」

「跌倒的時候磨破皮了。」

她走過來檢查傷口，突然開始發抖，讓我非常驚訝。「血為什麼一直流？妳是哪裡有毛病？」

我縮到一邊。「因為我不是巨魔，笨蛋，但這傷還不至於流血致死，不過傷口可能需要縫幾針。」

「什麼？」

「縫合傷口，妳總會縫紉吧？」

「妳要我把皮膚縫起來？」她一副不可思議的樣子。

「首先要把水煮滾。」我端出一盆水，不久就開始冒泡，接著清理傷口，即使勉強忍住，依舊痛得頭暈目眩。

「縫合吧。」我開口要求，但縫衣針一靠近皮膚，我便痛得哀嚎，猛然往後縮。

「對不起。」我嘀咕，第二次嘗試還是一樣的結果，第三次我的指甲幾乎掐進椅墊裡面、緊緊咬住牙關，感覺下巴要裂開。

「我會盡快。」她說，狠心地快速動作，不管我一直掉眼淚。折騰結束，我恢復冷靜，套上黃色禮服。房間再一次天搖地動，勉強靠著家具保持平衡，安蕾絲拉開窗簾，走到露台上，望著頭頂的石塊。「如果真要掉下來，應該撐不到現在。」

她走回屋裡，把掉落的書籍放回書架上，我一起幫忙，直到擺設大致恢復井然有序的原狀。忙碌完畢，我從摔碎的玻璃器皿裡找出兩個大致完整的杯子，分別倒了兩杯酒。

「謝謝。」她坐在椅子上，腳踝交叉，坐姿端莊。

「對不起。」我脫口而出。

「我有很多衣服，希賽兒，」她喝了一大口酒，仔細打量著我。「只不過從妳把萊莎偷走以後，量身做衣服的時候我只好親力親為，實在很困擾。」

「不是衣服的事。」我無意為萊莎的事情道歉。

「喔。」她杯子裡暗紅色的酒液潑濺了出來，彷彿又有地震一樣，其實屋裡靜止不動。

「妳以為我今天會抓住機會離開這裡，這才是妳願意幫忙的原因，對嗎？」

「只要崔斯坦有事相求，我從來不會拒絕。」她恢復冷靜，沉著回應。

「即便妳知道我不會走，還是願意幫忙？」

「我從來沒對他說過不。」

我把杯子放在桌上，一口都沒碰。「別再拐彎抹角，給一些模稜兩可的答案，妳認為我會離開，這是妳願意幫忙的原因，是或不是？」

她眼神幽暗。「是。」

「因為如果我走了，他就有更多時間跟妳在一起？」

「對。」

「妳愛他嗎？」

她一口喝乾，杯子碰一聲放在桌上，玻璃裂開。我可以感覺到屋裡充滿能量和魔法，她根本不必動一根手指頭，就可以扭斷我的頸項，或是把我摜向牆壁，震碎我全身的骨頭。不過我毫無恐懼，因為我明白即使她恨我入骨，她不會、也不能違背自己對崔斯坦的承諾。

「對。」

「如果我離開，他就有可能跟妳在一起？」

「不可能。」

「妳說謊！」

安蕾絲搖搖頭，室內的能量就此消失。「我不能說謊，如果妳問我是否渴望當他的妻子，答案自然不一樣。但即使有那種可能性，也是發生在很久以前的事情。」她端起我沒碰的酒杯，一仰而盡。「第一，他對我不曾有過那種感覺。第二，我有缺陷，所以不適合，不管做什麼都無法彌補。」

我忍住錯愕的笑聲。「如果妳還叫有缺陷，那我們這些人怎麼辦？我或許不喜歡妳，還是必須承認妳是我今生見過最美麗的女孩。」

「與其有這種缺陷，我寧願當醜八怪，」她輕觸胸口。「我的缺陷在身體裡面。」

我很想說一句，只要有外在美，男人不會在乎個性是否主觀或驕縱，我猜這應該不是她言中之意。

「妳知道我姊姊嗎？關於她的死因？」

我猶豫半晌，點頭承認。「馬克有說過，她是因失血而死。」

她皺著眉頭。「他知道。總之，我姊姊有血液方面的毛病，而我也是。」

我搖搖頭。「剛才地震妳也受了皮肉傷，現在卻已然痊癒，如果真有問題，傷口不可能這麼快就癒合了。」

「表面沒呈現並不表示沒毛病，希賽兒，它在我體內，還會遺傳給兒女。」她沮喪地垮著肩膀。「我不適合當崔斯坦的妻子，配不上未來的國王和任何人，這是國王當面告訴我的話。」她不再冷靜沉著，全身開始顫抖，淚水盈眶。「我配不上崔斯坦，甚至不配和任何人結婚，大家擔心玷汙我的名譽，甚至沒人敢碰我一下，我這一輩子注定要孤單度過。」

叩門聲打斷她的話。

「是誰?」我大聲回應,安蕾絲的告白勾起強烈的憐憫在心裡震盪,門被推開,維多莉亞走進來,彎腰駝背、一副筋疲力竭的模樣。

「怎樣?」安蕾絲咄道,再度恢復原有的鎮定與冷靜,讓我不禁懷疑她剛才的失態是否是自己的想像。

「城裡有六名死者,十幾位受傷。兩座礦坑崩塌——按照估計,可能有五組混血種被埋在其中,甚至更多。礦產公會要等餘震結束才會進去搜救,及時找到他們的機會應該很渺茫。」

我驚呼一聲跳了起來。「我們要趕快搜救,他們不可能自行找到出路!」

「她說得對,」安蕾絲站起來,像受困的動物一樣焦躁地來回踱步,「他們能夠存活的時間不多。」

「沒理由拿更多生命去冒險,我們甚至不確定他們是否還活著。」維多莉亞說,在破玻璃裡挑挑撿撿,想找一只完好的杯子,最終還是放棄。

「值得冒險試試看,」安蕾絲堅持。「若不是必須留在這裡照顧人類,我會自己去。」

「去啊,」維多莉亞說道。「我來陪伴希賽兒,妳大概是城裡唯一一位還有力氣講話的人,我們幾乎都被榨乾了,再者她也比較喜歡我的陪伴。」

她一言不發,頭也不回地奪門而去,我懊惱地目送她的背影。她只要動動手指,就可以抬起像馬匹一樣沉重的石塊、挖出埋在礦坑裡的工人,拯救無數的性命,我卻只能坐在這裡等待消息，更慘的是，安蕾絲和維多莉亞有能力可以出去幫忙，卻得被迫浪費魔法，留下來照顧我。

「我真是毫無用處。」我沮喪地說。

「沒有人期待妳幫忙，希賽兒，」維多莉亞的語氣充滿同情。「這是巨魔的工作。」

我只能嘆氣。「那就讓我幫妳找個沒破的杯子吧，至少是我能力內可以做的事。」

魔法的小光球亦步亦趨地跟著我走過一個又一個房間，穿過倒塌的家具、掉落的物品和滿地碎玻璃，整座皇宮看起來就像被人抓起來用力搖晃的娃娃屋，所有的物品都東倒西歪。

終於發現一只完好的酒杯，我高興地嚷嚷。「找到……」話才講到一半，就發現門外的維多利亞靠在椅子上，嘴巴微張，輕微的打呼聲充斥在屋裡面。「杯子了。」

我走到露台向下俯瞰，原本燈光閃耀的城區整個暗了下來，巨魔大多累得人仰馬翻，回家休息去了。魔法的能量縈繞在樹幹周圍，支柱、拱門、遮蓬清晰可見，接下來就由建造者負責指揮魔法、維持最佳的平衡狀態，這件事便交由崔斯坦承擔。

透過聯結，我感覺得到他安然無恙，雖然焦慮、疲憊，至少毫髮無傷。膝蓋的傷很痛，但我盡力忽略它，不希望崔斯坦在人民迫切需要的時候，還知道我受傷、分心趕回來探望。我搜索枯腸、尋找治療的藥方，懊悔地責備自己沒有抓住機會好好跟奶奶學習療癒的祕方。為什麼我不能像巨魔那麼強壯？至少不要……如此脆弱、平凡。

我輕輕踮起腳尖繞過維多莉亞旁邊，從隱藏的地方拿出安諾許卡的魔法書，迅速瀏覽，找到治療篇，但那些不是本地生長的植物，翻到最後一頁，盯著詛咒那個字眼，再次期待有靈感或啟示出現，看看能不能找到什麼答案來拯救厝勒斯的好人，同時保護人類世界免受惡人的侵犯。

偏偏一如往常，依舊沒有答案。

「維多莉亞。」我輕聲呼喚，心想應該喚醒她了，她毫無動靜，我只好走過去輕搖她的肩膀。她睜開一隻眼睛，茫然地盯著我看，接著回過神來，一躍而起。「希賽兒！對不起！」她慌亂地四處張望。「有發生什麼事嗎？」

「沒事，別慌張。」我語氣平靜，不希望她像安蕾絲那樣小題大作，反應過度。「就是地震的時候撞傷膝蓋，其實還好。」看她睜大眼睛，我趕緊補充。「安蕾絲已經幫我縫合傷口，但我需要一些藥草做清潔。」我列了一些清單，真正的目的是想要找機會去一趟圖書館，以那裡收藏的書籍，一定還有更多的魔法書，或許能找到相關的咒語治療自己的傷口。

維多莉亞遲疑地點點頭。「或許廚房裡有？妳剛剛說安蕾絲幫妳縫合傷口？」

「從廚房開始也很好，」我套上斗篷。「沒錯，是她幫我縫合的。」開門進了走廊。「看起來她不像我以前所想的那麼糟。」

維多莉亞在廚房完全沒有用武之地——這一點我並不訝異。

「這個是嗎？」她問道，舉起一束迷迭香。「聞起來很香。」

我搖搖頭，拿走她手中的香草。「妳坐在那裡等我。」我吩咐道，仔細搜尋架上的藥草和香料，皇宮的廚房似乎應有盡有，獨獨缺少我要的物品——大概是因為我要的東西不能放進鍋裡增加香氣或味道。

「艾莎，當我需要妳的時候妳在哪裡？」我自言自語地咕噥，繼續深入廚房，裡面空空蕩蕩的沒有人氣，大家都出去幫忙了——包括我的兩個女僕。我不是捨不得她們，但她們肯定能夠在我的搜索上給予協助，因為姊妹倆記性奇佳，幾乎過目不忘，只要看過紫草、金盞花，或是任何我派得上用場的草藥，她們一定會記得。

記得、記憶。

看著那束迷迭香，受香氣觸動，讓我回想起安諾許卡魔法書裡有一個咒語。確認我在維多莉亞的視線範圍之外後，我示意光球靠近，讓我把魔法書翻到要找的頁面：

尋找失物的咒語。

「複誦咒語可以喚起最後一次在哪裡看到遺失物品的印象，」我輕聲朗讀。「那些記憶就會浮現在唸咒者眼前。」

精確地說，兩個女僕都沒有遺失我要找的物品，只是這個咒語或許有幫助，只要大地魔法的效力也及於她們身上。她們有一半人類的血緣，這樣應該夠吧？試試又何妨，我告訴自己。

第一步先找紙、筆和墨水。我想了一下，在紙上寫下丁香油，再把紙片捲起來。第二步，找出女孩個人的物品。我把自己從上到下打量一遍，艾莉幫我修改過禮服的領口——這應該算是她的東西。但願這樣說得過去。

我小心翼翼從領口拉出一條線頭，纏住紙張，再把迷迭香插進去。「水。」我咕噥著找來一個臉盆裝滿了水。馬丁曾經解釋過人類的魔法，根據我的了解，女巫的法力來自自然界四大元素，這裡用的是水，我不了解背後的原因，也不知道為什麼某些咒語只能用特定的藥草，不能隨便。安諾許卡的魔法書就像烹飪的食譜，只教我如何使用，沒有解釋這些步驟的緣由。此外，現在也沒時間去追根究柢。

我回頭查看維多莉亞的動靜，確定她依舊留在原地，我的朋友歪坐在椅子裡，下巴垂到胸口，呼呼大睡，不時有鼾聲傳入耳裡。

我用冷靜堅定的語氣，複誦那個奇怪的咒語，再把艾莉的名字和丁香油加入咒語裡頭，整整重複十一遍。念到第十二次時，把迷迭香、纏繞線頭的紙捲丟進臉盆裡。第十三次時把手指伸進去攪拌。水聲在耳中迴盪，那包東西在水盆裡轉動，接著越轉越快，感覺魔法凝聚起來湧入體內。我把手指抽出來，水面靜止無波，什麼都沒有，一無所獲。

不是咒語沒效果，就是艾莉不算人類，或者她的記憶裡沒有我要的東西，也有可能線頭不算她私人的東西。有太多不確定的因素，不知道是哪一項破壞了最終的效果。

我嘆了一口氣，伸手要端臉盆，但隨即抽了回來，因為我發現水面有一個影像，我確定那不是我的倒影。我睜大眼睛，看到有一雙手在摺床單，整整齊齊地堆在架子上，同一雙手拿起深色的瓶子，小心翼翼塞在床單旁邊。

這是記憶！是艾莉的記憶！

我喜出望外，高興地鼓掌叫好。

「發生什麼事？」維多莉亞嚇得跳起來，椅子踢倒在地上。

我立刻抓起泡在水裡的那包小東西，塞進口袋裡，轉過身去。

「沒事。」我趕緊否認，其實很希望跟好朋友坦白。「我剛想起來要去哪裡找我要的東西，就在洗衣間裡。」

維多莉亞微微歪著頭，撇嘴說。「請告訴我，妳上次去洗衣間是什麼時候？」從來沒去過。我扮鬼臉。「妳知道在哪裡嗎？」

「當然。」維多莉亞應道。「除非妳老實招來，告訴我妳的這些連篇謊話是在隱瞞什麼，不說就不帶妳去。」

我用裙襬擦乾雙手，眼睛盯著地板。

崔斯坦要我保密——如果被別人發現我是女巫會有危險。然而她是維多莉亞，我無法想像這個朋友在什麼環境底下會有傷害我的意圖，不願意信任別人的是崔斯坦，不是我。在我來看，信任朋友是天經地義的事情，我相信他們無論如何都會善待我。或許這麼想很愚蠢，但我不想活在一個連最親近的人都不敢信任的世界裡面。

「我用了咒語。」我把泡在水裡的小東西遞過去。「它告訴我要去哪裡找東西。」

「原來妳是女巫？」

「對。」我冒險瞥一眼，試探她的反應。維多莉亞仍然笑容可掬。

「嗯。」她戲劇化地拖了好一段時間才作聲。「天底下還有比女巫更糟的東西——例如跟這個字眼押韻的詞（註1），至少妳不是那一類。」

我大大鬆了一口氣。「我當然不是那一類。」

她的手臂掛在我身上，緊緊一抱，我差一點就喘不過氣。「妳知道押尾韻跟頭韻（註2）一樣好，或許還更勝一籌，我們現在去找妳要的東西吧。」

譯註1：與女巫（witch）押韻的有賤女人（bitch）一字，這裡的意思即指bitch。

譯註2：例如女巫（witch）和邪惡（wicked）押頭韻。

15 希賽兒

隔天早上，我決心研究是否能夠學到更多關於人類魔法的原則，雖然昨晚順利勾起艾莉心中的記憶，但我對這一切一知半解，不知其所以然。

厝勒斯亂成一團，碎玻璃和落石四散在街道上面，海水倒灌，不只河水流不出去，還在兩岸氾濫成災，巨魔忙碌工作，清理災後的混亂，看來要好一陣子才能讓美麗的城市恢復往日光彩。

艾莉陪在旁邊，跟我一起走向圖書館。但願馬丁在那裡，因為少了他，偌大的圖書館只會把我淹沒，很難找到我要的東西。

「噢，天哪。」我沮喪地環顧四周，滿地都是散落的書籍。

「夫人！」馬丁從角落跑出來，一堆書浮在半空中。

「我來看你是否還有其他的……呃，魔法書，」我回頭瞥了艾莉一眼，她已經在問其他圖書管理員是否需要幫忙。「看得出來你已經忙到不可開交。」

「不會的，夫人，我已經幫妳找到一些，只是苦無機會送過去，真是對不起，我馬上拿來給妳。」他對我鞠躬，眼睛卻盯著艾莉。

「在我閱讀的時候，你可以幫忙招待艾莉，以免她覺得無聊嗎？」我故意問道，試著忍住笑意。

「當然，夫人，艾莉小姐經常談笑風生，讓人如沐春風。」

我忍俊不住，嘴角上揚。艾莉分明靜得像老鼠一樣，或許這反而讓她適合跟圖書管理員湊成一對，更讓人高興的是馬丁似乎不介意她有人類血統的事實。

我坐在桌子前面，挑了三本中的第一本，主要內容集中在愛情靈藥、阻止懷孕的祕方和預測氣候上。第二和第三本跟療癒的魔法有關，可惜不能用在自己身上，白忙一場。

書裡沒有提到鮮血或祭品，也沒有詛咒，這些跟安諾許卡的魔法書大同小異，完全沒有解釋為什麼某些元素和特定的植物摻在一起，咒語效果才會顯著的原因。真正讓我感興趣的是書裡告訴我女巫的魔法代代相傳，且唯有顯明在女性身上。能力大小和程度強弱則是因人而異，而且很多人終其一生都不知道自己擁有這方面的能耐，我家的情況就是這樣。

我靠著椅背，揉揉疲憊的眼睛，試著忽略痠痛的膝蓋，昨晚和今早，我分別用咒語找到油來清理傷口，現在傷口已經結痂，不需要魔法，只需要痊癒的時間。

我在這裡浪費了一整個早上，找不到任何可用的資訊，完全幫不了別人。安蕾絲能夠從坍塌的礦坑救出被活埋的礦工，而我最多只學會如何讓別人的屁股長瘡，這一招甚至不能用在國王身上，因為大地的魔法對純種巨魔毫無功效。眼前沒有人提供巨魔的血供我試用，在可預見的將來，應該也不會有人主動提供。

想到這裡我靈機一動，猛然坐直身體：克里斯多夫曾經指控崔斯坦運用魔法讓我愛上他，那時崔斯坦說巨魔沒有這樣的法術。我試著在心裡檢閱安諾許卡書中的內容——女巫可以讓人墜入愛河、醫治傷口，或是把人局限在一個地方，她們的魔法影響肉體和心靈；巨魔可以舉起大石頭、創造光，或是把人摔向牆壁，但不能使人生病或愛上某人。他們的魔法只能針對有形的物體。

「安諾許卡不能震裂山脈。」我自言自語，她和其他巨魔一樣被落石所困，就在他們試著掘出活路的那一個月當中，一定發生了某些事情，導致她詛咒巨魔被困在這裡、永世不能脫身。

是什麼原因？他們做了什麼讓她轉念使出如此邪惡的手段？如果不是她讓整座山垮下來壓住巨魔，那會是誰呢？

艾莉突然出現，一副心事重重的模樣。

「發生什麼事？」我問道，看她焦躁不安，垂頭喪氣地坐在那裡。

她抬起頭，淚水盈眶。「堤普出事了。他跟白天班的工人溜進礦坑，想要協助他們達成規定的配額。」艾莉緊閉雙眼。「卻不幸被落石壓住，其他人將他救出來，可是他的腿被壓斷了。」

我臉色發白。「他能痊癒嗎？」

淚水撲簌滑落。「其他巨魔可以，但他大半的血緣是人類，復原速度跟凡人一樣。」她抬頭看著我。「他們不認為他能撐過來——就算救活，那條腿也殘廢了，以後不能走路，公會肯定將他送入迷宮裡面等死。」

我的胃糾結在一起，用力抓住桌子邊緣，努力深呼吸，試圖緩和怦怦的心跳。我兩眼發直、盯著桌上那一疊魔法書，知道其中兩本包含治療人類傷口的咒語，即使用在混血種身上也有功效。

「我不能眼睜睜地看著他死掉。」我沙啞地說。

「妳又不能做什麼。」艾莉悲傷地啜泣，肩膀不斷抖動。

我不應該插手，崔斯坦說過，無畏的勇氣和明智的決斷很難兩者兼顧，這句話是對的。跟維多莉亞坦白是一回事，如果出面去拯救堤普，大家就知道我是女巫。

巨魔十分痛恨女巫——幾百年來到處派人追殺她們。因此一旦被發現我是女巫的身分，或許有人會要求當眾把我燒死，而且還有很大的風險可能會危害到崔斯坦。

我用力咬著嘴唇，凝神不語。拿自己的生命去冒險等於危害他的安全，但要我袖手旁觀，堤普又必死無疑，這是肯定的。即使最明智的抉擇就是安安靜靜地縮在旁邊，任由事情自然發展，但我做不到。

我抓了兩本魔法書，站起身來。「如果說我有辦法救他，」我輕聲問道。「妳會怎麼回答？」我用力嚥下口水，知道話一說口，就沒有回頭的機會。「如果說我是女巫，妳有什麼看法？」

16 希賽兒

我拉起兜帽，低著頭，從圖書館走到糟粕區，火光在前方上下晃動，除非有人仔細看，不然只會當我是巨魔。我單獨走在街道上——艾莉去找咒語要用的成分，這之前還得說服馬丁讓我們從後門離開。總不能讓保鑣一路跟過來——越少人知道我要嘗試的事情越好。

伸手輕叩礦工宿舍的大門，暗暗打量左右兩邊的街道，希望沒有人留意我一身華服、懷疑一個貴族婦女站在賤民門口做什麼。但是路人來來往往，大都低著頭，彎腰駝背，一臉倦容，只關注自己手邊的事情，無暇留意我在做什麼。大門打開的時候，我忍不住鬆了一口氣。

「公主殿下！」應門的女孩驚訝地睜大眼睛，笨拙地屈膝行禮，我舉手比著嘴唇，輕輕地將她推回去。

「我不希望被別人知道我在這裡。」我關上背後的大門，「堤普在哪裡？」

她神情嚴肅緊繃。「這邊。」

一走進房間，血腥與汗臭味撲鼻而來，但是令我反胃想吐的卻是躺在床上、五官痛得扭曲在一起的堤普，其他礦工看見我紛紛站起身來，大家面面相覷，神情相當困惑。

「哈囉，公主，」堤普虛弱的開口。「沒想到我還有機會看見妳美麗的臉龐。」

我微微一笑。「為什麼這樣說，難道你認為我是那種反覆無常的朋友？」

他呵呵笑。「當然不是，恐怕讓妳靠不住的人是我自己。」他揮手示意，指著遮住的那條腿。

我預先深呼吸，掀起毛毯邊緣，隨即咬緊牙關，硬是嚥下從喉嚨湧起的膽汁。堤普的膝蓋以下骨頭碎裂、血肉模糊，幾乎認不出那裡曾經是腿和腳。

「願神憐憫。」我呢喃地放下毛毯。

「我不確定妳的神有想到我們。」堤普咬緊牙關。

「為什麼不會？」我反問，坐進床邊的椅子，「你幾乎和我一樣是人類。」我轉身面對其他礦工。「拜託讓我們單獨相處一下好嗎？我需要私底下和堤普講幾句話。」

他們點點頭，一一轉身離去。「艾莉抵達時請她進來。」我補充一句，祈禱她很快就到。

他們離開之後，我從口袋掏出魔法書，翻至需要的那一頁。這件事不太簡單，更不可能完美。

「如果妳認為自己在這裡就可以阻止公會把我遺棄，那是浪費妳寶貴的時間。」

堤普眼睛盯著天花板。「他們不必費事送我進迷宮——我就斷氣了。」

「除非我無能為力，你不會死的。」我一邊嘀咕一邊盯著頁面，祈求自己不致過度樂觀。

聽到床上蠕動的聲音，我抬起頭，堤普瞪著我看，獨眼充滿怒火。「妳以為自己有什麼能耐讓我不會死，姑娘？這種虛假的希望對我更加殘忍。」

「不是虛假的希望，」我答道。「我想用魔法幫你治療，人類的魔法。」

他的獨眼睜得更大了。

「妳是女巫！」即使身體痛得不得了，他還是露出微笑。「我就知道妳不是只有美貌而已！」

「等等就知道。」我說，樓梯傳來腳步聲，隨後艾莉走進房間，對堤普露出鼓勵地微笑，同時遞了一包東西給我。

「每一樣都找到了？」我問道。

她點點頭，幫忙將不同的植物和藥草鋪在她帶進來的臉盆旁邊，一切就緒之後，我跪坐在腳跟上，深吸一口氣。「堤普，開始之前，有件事要先告訴你。」

他微微一點頭。

「魔法書，」我開口。「說咒語只能促進凡人原本痊癒的速度，」我深吸一口氣。「這意味著我雖然能夠救你的命，卻不能挽救你的腳。」

艾莉伸手摀住嘴巴，堤普面無表情。「妳打算怎麼做？」

我握緊拳頭，指甲掐進掌心。「我想，如果截斷膝蓋以下的部位，就可以治療……上方的腿，」我緊張得滿頭大汗——在心中推論是一回事，直接說出口又是不一樣。

「妳想？」

「我之前不曾這麼做過。」我直接承認，因為崔斯坦的案例大不相同——那回不是取自大地的魔法，而是某種程度上運用他自身的能量，以堤普的法力和崔斯坦相比，就像水滴和海洋的差距。就算我可以複製相同的環境，提普擁有的魔法能量也不足以應付如此嚴重的傷勢。

「妳要切掉我的腳。」他表情緊繃，豆大的汗珠從額頭滑落，浸溼枕頭。

「這是唯一可行的方法，」我說。「只有這樣你才能存活。」

「存活？」他嗤之以鼻。「這樣活下來有什麼意思？」他苦澀地反問。「少掉一條腿的礦工有什麼用——妳把我從鬼門關拉回來的結果，就是送我去餵死妖。」

「別這麼說，」我激動地站起來。「你的價值不是用腳來衡量，而是取決於你的心態和腦袋，和你所追尋的人生目標。」

「說得比唱得更好聽，」他別開臉龐。「還是讓我死吧。」

「不！」我大叫。「聽我說，堤普，仔細聽清楚，你不是靠那條腿嗅聞黃金，也不是靠它達成規定的配額，你的朋友更不是為了雙腿選你當工頭，他們需要你，堤普，沒有你，面對迷宮的將是他們其中之一。」我深呼吸，努力平靜自己的情緒。「打從出生那天開始，環境就對你不利，可是你順利地活到現在，既然都奮鬥了這麼久，怎麼可以轉過頭，叫我讓你死掉。這不是你的作風，你要繼續奮鬥。」我的聲音開始顫抖。「你曾經告訴我，不能用法力多寡論斷人的價值，對，也不能用腿來決定。」

堤普依舊別開臉龐，氣氛沉默凝重，僵持了很久。

「妳的論點很有說服力，」他哽咽地開口，轉過臉來，雙頰淚痕斑斑。「動手吧。」

我點點頭，看著艾莉。「我需要妳的協助。」

⚜

嚴格按造書中指示的步驟，小心翼翼地把各種必要成分倒進臉盆和在一起。感覺心中的我似乎退後一步，不忍目睹。

「我需要火。」我沉聲說，艾莉伸出手，銀色火焰從掌心燃起。

我盯著火焰思索了一下，「真正的火。」我強調，然後撕下魔法書的空白頁，捲成長條狀，伸向巨魔的光球，看到紙張冒出橘色火焰，這才滿意地點點頭。我舉起燃燒的紙條，放在臉盆上方，轉向艾莉問道。「妳確定做得到嗎？」

她舔嘴唇，看得出來雙手在發抖。「如果這招沒效，他很快就會失血而死。」

「如果沒效，我反正也會死。」堤普說道。「這時候不用替我擔心那麼多，艾莉。」

「嗯，」艾莉低語。「那我預備好了。」

艾莉用魔法把他捆在床上，堤普微微抽搐了一下，接著阻隔我們的聲音，避免洩漏行動。周圍的聲響也跟著淡去——我們不希望堤普的尖叫聲引來不必要的關注。

「咬住這個，」我們從椅背拆掉一個轉軸讓他用牙齒咬住。「閉上眼睛。」

「我的手一伸進臉盆……」我沒繼續說下去，給艾莉使了一個眼色。她抿緊唇，點點頭。

燃燒的紙條觸及混合物，突然冒出火舌，我立刻縮手，開始背誦咒語，重複十一遍，唸到第十二次時，一手探入燃燒的混合物，另一隻手伸入水盆，能量隨即湧入手臂，充滿全身，迅速往外擴散，我朝艾莉點頭示意。

巨魔的魔法切入骨頭和肌肉，就像外科醫生的解剖刀，鮮血濺向四面八方，堤普尖叫一聲。我傾身向前，握住鮮血直流的肢體，複誦第十三遍咒語：「癒合傷口。」

一碰到他的血，立刻感覺有某種異類的魔法出現，但我置之不理，直覺他是這個世界的兒女。大地的能量從我身上湧出，進入堤普體內，認出這是它的兒女。眼前的景象令人嘖嘖稱奇，傷口癒合成粉紅色，皮膚泛白，硬皮糾結變成疤痕組織。一股強烈的倦怠籠罩全身，我往後撲倒，虛弱乏力地躺在冰冷的木頭地板上。

「希賽兒！」艾莉的臉龐出現在頭頂上。「妳還好吧？」

「嗯，」我沙啞地回應，心裡其實不太確定。「堤普還活著嗎？」

她移出視線範圍。「有呼吸。」她驚呼地說。「只是失去知覺，人還活著，而且傷口已經癒合，看起來就像十幾年前的舊疤痕。」

艾莉來到身旁，扶著我起身，同時解除隔音的魔法，立時，淒厲的尖叫聲立刻貫入耳膜。

「天哪！」我抓緊她的手臂。「外面發生什麼事？」

「不知道，」艾莉雙眼圓睜。「如果又有地震，我們應該感覺得到。」

爆炸聲把我們嚇一跳，緊接著是更多的尖叫、吶喊，和雜沓的腳步聲。

一個礦工開門衝進來。「羅南殿下掙脫束縛出來遊蕩，」他氣喘吁吁。「把糟粕區搞得天翻地覆，妳們要趕緊離開！」他看到甦醒過來的堤普，一臉詫異。「怎麼……」

「別問了，現在沒時間，」我咄道。「把堤普帶走，送去安全的地方，艾莉，妳去幫忙。」

我不等他們回應，一個箭步衝下樓梯。羅南正在獵殺混血種，在有能力制止他的人趕到之前，天曉得還要濫殺多少無辜。我必須引開他的注意力，幫崔斯坦或安蕾絲爭取趕到的時間，同時讓混血種有逃命的機會。羅南不會傷害我——無論是否精神失常，他都知道傷害我就是傷害他哥哥，目前我是附近唯一有機會阻止他暴行的人。

宿舍底層空空蕩蕩，一個人都沒有，但街上滿是驚慌失措、飛奔逃命的混血種。我努力逆著人潮前進，推擠對抗他們夾帶而來的力氣，跑向尖叫聲傳來的方向，突然間，周遭只剩我一個人，後方奔跑的腳步聲逐漸遠去。

一個年輕巨魔站在馬路中央，另一個年長的混血種被他一腳踹在地上，那人大聲慘叫、蠕動身體試圖逃開，男孩津津有味地看著他掙扎。

「王子殿下！」我不假思索就脫口而出。「羅南殿下。」

男孩抬起頭，我立刻覺得大事不妙，感到渾身冰冷，血液像結凍一樣，他跟崔斯坦毫無相像之處——長相的差異在我預期之內，但讓人想要落荒而逃、跑得越遠越好的則是他的眼神：冷冽殘酷、完全沒有一絲絲憐憫或同理心，他的心智根本不健全。

「哈囉，希賽兒。」他偏著頭，看我的眼神流露出邪惡兇狠的意圖。

我屈膝施禮，兩腳在發抖。「那你知道我的身分囉，殿下？」

「噢，是的，」他說。「我聽了很多，妳是和我哥哥崔斯坦聯結的人類。」

「是的。」我承認，然而他的認知並沒有緩和我心中的恐懼，因為他的表情兇惡又不懷好意。

「寄養家庭的父親告訴我，崔斯坦很愛妳。這是真的嗎？」

我點點頭，強迫自己直視他的目光，我們聊得越久，混血種就有更多時間脫困。

「我也愛他。」

羅南的臉皺成一團，彷彿聞到什麼腐敗的東西。「呃，那是當然，這樣非常合理。」

他搖搖頭，眉宇糾結。「讓我想不透的是他。」

這傢伙完全不了解愛情。

對談之間，羅南鬆開腳下的混血種，男子試圖爬到旁邊，他的動作引起王子注意，表情扭曲。「沒用的寄生蟲。」他嘶聲說道，舉起手來往下一揮，男人立時摔在街道上、頭骨碎裂。親眼看見這幕，我腳步搖擺、無法站穩。

「我哥哥在哪裡？」羅南詢問，一腳跨過屍體，慢條斯理地朝我走過來。

「就在附近。」我用謊言回應。

崔斯坦正朝這個方向趕過來，但至少還有好幾分鐘的路程——我開始懷疑自己可能沒那麼多時間等他救援。「相信他會很高興看到你。」

「但我懷疑。」他一個箭步衝上來，我還來不及躲開，就被他扣住手腕——即使他身材矮又瘦小，卻一反手就讓我跪在地上。不管我痛苦呻吟，他仔細檢視我手指間的銀色刺青圖案。

「妳說他在附近？」他像孩子似地咯咯笑，笑聲傳開。「我敢說一定不夠近！」

「你傷害我就是傷害他，你很清楚這一點。」我哀求著，但是對這個冷酷無情的傢伙來說，毫無意義，他根本不在乎他哥哥，他唯一關心的只有自己的利益。

「我清楚得很。」羅南說道，把我往後一推，閉上眼睛，那一瞬間，他像個可愛的小男孩，等他再次睜開的時候，卻露出魔鬼的眼神。

「等我當上國王，絕對不會和妳這麼脆弱的人聯結在一起，任何人都不配。」

我搖搖晃晃地從地上爬起來。

「羅南，住手！」

安蕾絲的警告來遲了一步，當我轉身要跑的時候，魔法的衝擊榨出我肺裡所有的空氣，我整個人飛到半空中，然後直接摔在地上，接著感受到的，只剩全身劇烈的疼痛。

17 希賽兒

我在皇宮甦醒過來，劇痛的程度讓我明白傷勢嚴重，可能致命，稍微移動就很痛——連呼吸都是折磨——而且渾身發冷，好冷。

「希賽兒？」崔斯坦坐在床邊，眼眶泛紅。「我很抱歉。」

我舔著乾裂的嘴唇。「這不是你的錯。」

「不，都怪我，」他語氣悲痛。「安蕾絲早就警告我可能發生這種事，所以要我在羅南力量更強大之前預做防範，但我不肯。」

「你不可能預測得到會發生這種事。」我低語，虛弱到連講話都沒有力氣。

「我知道他很危險，」崔斯坦哀傷地說。「是我太懦弱，不願意先下手為強。」

他撥開掉在我臉龐上的頭髮。「但我不會重蹈覆轍——我會對付他，等妳康復的時候。厝勒斯會很安全。」

「崔斯坦，」我說。「我需要協助，需要看醫生，我連呼吸都會痛。」

他咬著嘴唇。「這裡沒有醫生。」

我知道，巨魔用不著醫生。「好痛。」

他下巴繃緊。「妳會好起來的。」

我輕輕搖頭。「我不是巨魔，」忍不住苦澀地埋怨。「是凡人，生命脆弱、不堪一擊，這裡沒有人能夠幫助我，我怕……」一口氣接不上來，虛弱地咳嗽。

他顫巍巍地深吸一口氣，慢慢脫掉手套，立刻惴惴不安，充滿憂慮。美麗的眼睛盯著手指間的金色紋線——本來顏色鮮明、生氣勃勃的圖案變得晦暗、沒有光澤。

「我一直不敢看，」他說。「就怕會看到這樣。」

「我快死了。」我呢喃地說，平靜的語氣和心中強烈的憤恨與怒火形成矛盾的對比。我不想死，就在一天前，才感覺未來的人生充滿無限可能，彷彿眼前有一片狂野、激情、新奇而不曾探索過的大海，我是負責掌舵的船長，急切期待要乘風破浪，看看究竟會通往何方。我愛人，也被愛，我們兩情相悅，生命充滿前所未有的生氣和喜悅，現在卻即將要劃上句點。

我必須咬緊牙關，才能停止嘴唇的顫抖。這太不公平了。盾勒斯是一個充滿魔法的地方——魔法無所不能，這時候卻派不上用場，對我毫無幫助，我生氣地抱怨。「該死的不公平，」我氣得詛咒。「結局不應該是這樣。」一陣痙攣，我痛苦地吸氣。「對不起。」我咬著牙關說，最痛心的就是這一點——我不只命在旦夕，還會拖累崔斯坦。

「不，」他站起身來。「不！」他拿起水壺猛然丟出去，接著反手一揮，摔破桌上的花瓶，我一臉駭然，看著他毀滅眼前所有看得到的易碎品。

「崔斯坦，不要這樣！」

他渾身一僵，轉過身來，玻璃碎片劃破他的臉頰，一滴血順著皮膚流下，傷口隨即癒合。「這裡沒有人懂醫療技術能夠幫妳，但是其他地方有，對吧？」他轉身。「別的人類能夠嗎？」

「我不知道，或許醫生可以。」我想起皮耶的話，希望永遠存在，但願可以存活下去，我和崔斯坦的未來不會就此中斷，但是希望逐漸渺茫。

「每天都有人類來來去去，老是有東西要賣給我們，換取黃金。」他的表情充滿決心。「一定有人可以幫助妳。」

⚜

安蕾絲大概在外面徘徊了好一陣子，因為崔斯坦前腳剛走，她立刻走進來。

「崔斯坦說要幫妳找醫生，」她坐在床邊。「和藥物協助妳痊癒。」

我不說話，她應該是從我的眼神看出端倪。「他們能夠幫助妳，對吧？」她探詢。

我微微搖頭。「我想不行，或許女巫可以。」堤普就是近在眼前的實例，即使女巫的咒語也有它的極限，並非無所不能。

「厝勒斯沒有這種東西。」安蕾絲抓緊椅子邊緣，力道大得木頭喀喀作響。「唯一的黑馬竟然是妳，城裡的人都在議論紛紛，討論妳救了礦工的命。」她眼睛一亮。「如果我們去找相同的祕方，妳可以救自己嗎？」

「不行，」我幾乎喘不過氣來，只能用嘴型表達，身體側邊劇烈的痛楚，顯示內傷非常嚴重。「我快死了。」這句話說得無聲無息。

「不！」安蕾絲大叫一聲，激動得整個人跳起來。「妳不能死！如果妳死了，他就……」

「妳以為我不知道嗎？」我痛苦地吸口氣，想要表達清楚。「我了解那種感覺，安蕾絲！」

我開始咳嗽，胸口震動的痛楚劇烈到讓人眼冒金星，過了好久才有能力開口，但安蕾絲要靠得很近才能聽清楚我說什麼。「我需要妳幫忙，安蕾絲，我不信任他父親，雙胞胎告訴過我只有妳的能量和崔斯坦旗鼓相當，妳要讓他活下去，我知道他為馬克做過，妳也可以嗎？」

她頹喪地垮著肩膀，搖頭以對，我的希望不翼而飛。「他們統治這麼久有一個理由，希賽兒，再也沒有人比莫庭倪家族的力量更強大——我根本沒有制止的機會，他父親是唯一的人選，就算他出馬，可能也需要費一番掙扎。」

我試著淺吸淺吐，舌尖已經嘗到血腥味。「沒有其他辦法？」

安蕾絲愁眉苦臉。「用鐵。」

我皺眉。

她猶豫了一下，彷彿這是洩漏天機，或許也是，如果真有某種東西能夠約束他們魔法的話。「這種方法通常用來捆綁囚犯，直到他們處決的時間，偶爾也用在懲罰上面。」她說。「巨魔全身被綁，用鐵矛刺入體內。因為金屬物質有礙我們施展魔法——如果用量足夠，或許可以制伏他。」

我渾身戰慄。居然要用折磨的方法才能救他。

「但他必須事先同意，」她說。「這是不可能的。」

我咬住嘴唇。「這是唯一的方法？」

「對。」她閉上眼睛，依舊擋不住晶瑩的淚珠從烏黑的睫毛滑落。「而且還有一件事——他知道我真正的名字。」

換我閉緊雙眼，微微點頭，讓她明白我了解這句話背後的意涵。崔斯坦對安蕾絲有完全的掌控權——一旦面臨這種情況，他會使出殺手鐧。

「同樣的狀況也適用在馬克和雙胞胎身上，」她苦澀地強調。「只要有足夠能耐這麼做的每一個人的名字，他都知道。」

然而，如果我用咒語妨礙他施展魔法，拖延時間，或許可以讓另一個巨魔制伏他，這樣可行嗎？那時候我有還有餘力嗎？

「衣櫥裡藏了一本書。」

安蕾絲不解地皺眉，走到相鄰的房間，回來時手臂夾著魔法書。「這是什麼？」

「安諾許卡的魔法書。」我說。「裡面有對付巨魔的咒語。」

安蕾絲大驚失色。「血魔法！」

我點點頭，解釋有一種咒語能夠切斷巨魔的魔法。

「妳有辦法做到嗎？」安蕾絲提問，表情戒慎恐懼。「用我的血？」

「希望可以。」

「我想聽到肯定的答案，只有『希望』還不夠。」她做鬼臉。「妳憑什麼認為自己有辦法制伏我們？不是隨便一個精……」她中途改口。「不是隨便一個巨魔，而是力量最強大的一位。」

我眨眨眼睛。「可以先在妳身上嘗試，」我直視她透出金屬光澤的眼睛。「只要能切斷魔法，另一個巨魔就可以壓制他，刺入鐵棒，直到恢復理性以後再釋放他自由。」

安蕾絲臉色慘白。

「妳會幫我，對嗎？」我試著平心靜氣。

「我會採取必要的手段，」她說。「只要能救他，我都願意。」

我鬆了一口氣。

「應該不需要到那種程度，」安蕾絲挺直肩膀。「我們可以找幫手，還有別的女巫能用魔法救妳。」

「除非國王允許，」我回答。「我猜他寧願看我死掉，也不准女巫踏入城裡半步。」

「他不敢冒險，他知道背後連帶的風險。」

「還有羅南。」我輕聲提醒。

安蕾絲怒火上騰，魔法像電流似地竄過我的皮膚。「果真那樣，大家只有毀滅一途。」

⚜

崔斯坦終於回來的時候，傑若米和克里斯多夫緊跟在後。「噢，親愛的女孩。」飽經風霜的老農夫一進門就說。「妳怎麼了？」他拉開一層又一層的毛毯，手掌摸摸我的額頭，耳朵湊近我的胸口，傾聽急促的心跳聲，然後小心翼翼地伸手輕觸我的身側。我忍不住痛苦地尖叫一聲，他立刻縮手。

「這種狀況遠遠超過我的能力範圍，殿下，其他生意人一樣愛莫能助。」他說。「她的肋骨斷了，我懷疑是內出血，她需要經驗老練的外科醫生，而且越快越好，才有存活的機會。」

「她需要她奶奶。」克理斯多夫站在角落裡，伸手指著崔斯坦。「我早就告訴你這個地方會害死她。」

「那就把她奶奶帶過來，」崔斯坦說道。「你出個價錢，不論多少我都願意。」

「只有巨魔才以為連這種事情都有價碼可談。」克里斯絲毫不掩飾臉上的嫌惡和鄙夷。

「閉上你的笨嘴！」傑若米喝斥自己的兒子。「我們會把她奶奶帶過來，殿下，只要騎快一點，應該早上就到了。」

「最好不要。」房門喀一聲闔上。「那個奶奶是女巫——城裡有一位已經夠多了。」一個熟悉的聲音陡然傳入房內。

傑若米和克里斯跪在地上，安蕾絲手勁收緊，崔斯坦猛然轉向門口。

聽見國王的嗓音，我立刻明白自己大限已到——看來他希望我死掉，只要順其自然，任由傷勢演變，他甚至不必弄髒雙手。我不過是另一位在厝勒斯的黑暗中喪命的人類，沒什麼特別。

「你瘋了？」崔斯坦大吼。「她受傷了！如果不找援手，她會死掉！」

苔伯特肥厚的嘴唇嘖嘖作聲。「的確是悲劇一場，但人生就是這樣，強者恆強，弱者死亡，我們都不應該插手干預。」他走到床邊，湊過來打量我虛弱的狀態，冷酷的眼神就像飢餓的禿鷹審視受傷的小動物一般。「真是脆弱得可悲。」他轉身對崔斯坦說道。「我相信可以幫你找到更強壯的替代品。」

崔斯坦氣得雙眼凸出。「她是我的妻子！」他對父親咆哮。

「陛下，請您重新考慮。」安蕾絲倒抽一口氣。「萬一她死了……」她目光閃爍、飄向崔斯坦。

國王呵呵笑。「別擔心，我不會讓我的孩子死掉，即使要把他綑住好幾個月，強行灌粥，我都會做。」

即便是在討論我的死期，國王這番話還是解除了我的後顧之憂，至少他不會坐視崔斯坦走上死路，也不用讓他受盡折磨才能存活。他的話消除了我的焦慮，卻沒有緩和我對自己命運的恐懼，如果痛苦加劇，我不認為自己能夠承受得住，但也不想陷入昏迷，失去人生最後的時刻。我想活下去。

我閉上雙眸，暗暗祈禱，請求更高等的能力介入，別讓這一刻變成臨終的時間。「不，」崔斯坦的話把我從冥想中喚醒。「沒有她，我也不要活了。」

他父親微微一笑。「好浪漫的想法，可惜歷代的國王和他們的繼承人不能講究詩情畫意，崔斯坦。她死了以後，你要跟家世優良的巨魔女孩上床，我會幫你精挑細選。」他鄙夷地瞥了安蕾絲一眼。「但不是妳，流血的女孩，不要癡心妄想，我會物色一個身體健康、沒有瑕疵的女孩，等她生了繼承人，你，崔斯坦，就算投河自盡我都懶得阻止，我不在乎。」

「你是怪物！」我的聲音細得幾乎聽不見。

苔伯特彎腰靠近床邊，吐出的熱氣帶著蒜頭味。「對，這一點早在妳來到這裡之前就知道了，不是嗎，希賽兒？」

我嫌惡地往後縮。國王就像惡夢般的妖怪，在漆黑的午夜裡，躲在橋下或林中的洞穴，吞噬過往的行人，隨時虎視眈眈、等候攻擊的機會。

苔伯特伸手按著我的額頭。「看起來妳痛得很厲害。」他看向傑若米，彷彿這時才發現他的存在。「有什麼可以給她的嗎？讓她在臨終時不必忍受劇痛煎熬。」

傑若米嚇得臉色發白。「是的，國王陛下。」

國王的注意力轉向崔斯坦。「你不許干預，明白嗎？」

「聽見了，」崔斯坦說道。「但我完全不明白你這麼做的理由。」

「你只要服從就好。」國王大步離開，碰地關上房門。

「對不起。」我說得有氣無力，即使室內非常安靜。

「我不會讓妳死。」崔斯坦的語氣很像在呻吟，連跨兩大步來到床邊，額頭和我貼在一起，魔法環繞，隔絕聲音往外傳。「我不能失去妳，」他貼著頭髮呢喃。「不可以。」

「這種事你無能為力，」我說。「還是放手吧，答應我你要好好活下去。」我使出全部克制力，維持平靜的語氣，想與他好好溝通。我不懂自己何必多此一舉，因為我的痛早已反射在他眼底，他也感同身受。

「不。」崔斯坦痛苦地擠出這個字。

「你這麼說會讓我放心不下。」手指揪緊他的襯衫，聲音沙啞，一聲啜泣帶出劇烈的抽痛。

「這是實話。」他的心臟貼著我的耳朵怦怦跳動，憂慮和恐懼傳入我內心深處。

「當時還有機會，我就應該逼妳離去。」

「那是我的決定，」我用力親吻，使出剩餘少許的力氣死命攀住他。「我絕不會選擇離開你。」

「這不就是死亡的意義？」苦澀的心酸在我心中迴盪。「等於離去？」

「至少不是我的選擇。」我試著深呼吸，平靜自己的情緒——將悲哀深藏心底，確保崔斯坦有活下去的意志。明知道這件事絕非自己能夠控制，依然緊緊抓住最後一絲希望，就像遭遇船難的水手死命攀住沉船的碎片一樣。

「假如結果都一樣，又有什麼差距？無論代價是什麼，」他咕噥。「我都要救妳。」

他朝傑若米揮手示意。「給她一點東西止痛。」接著指示安蕾絲和克里斯多夫跟他走到房間另一頭，魔法隔絕了他們交談的聲音。

傑若米把藥粉和水攪拌，扶起我的後腦，將液體倒入嘴巴，味道很苦，我掙扎地嚥進喉嚨裡。「這帖藥可以幫助妳休息。」

「他們在討論什麼？」我問道，眼睛盯著崔斯坦，他在紙上奮筆疾書。

「不知道，」傑若米回答，「我把藥粉留下，只要痛就吃。」他凝視我的眼睛。「當妳感覺再也受不了的時候，就把藥粉統統吃掉。」

我的注意力轉回崔斯坦身上，他將紙張對摺、密封起來交給克里斯，後者塞進口袋裡。兩個人神情肅穆，克理斯不住地點頭，聆聽崔斯坦吩咐，接著他們竟然抱住對方的肩膀，這讓我大吃一驚。接著崔斯坦轉向安蕾絲，兩人似乎起了爭執，她不停搖頭，崔斯坦激動得比手劃腳，最後安蕾絲勉強點點頭，崔斯坦這才回到床邊。

「我們要送妳離開厝勒斯，」他說。「既然不能及時找人來救妳，但我相信應該可以偷偷送妳出去。」

「你不能送我離開！」我熱淚盈眶，崔斯坦的臉龐變得模糊不清，影像統統糊在一起，顯然是傑若米的藥物發揮了功效，讓我身心麻木，逐漸失去知覺。「你不能夠，不可以。」我不斷重複，搜索話語傳達心底的感受。

「他會和妳一起走，希賽兒，」克里斯說道。「妳不必擔心，我們會想出辦法讓他跟妳一起離開。」

「什麼？怎麼做？」疲倦像一陣濃霧席捲而來，悄悄將我蓋住，眼皮逐漸垂下來，克里斯和傑若米沒有回應，逕自迅速離去。

「妳不要操心。」崔斯坦湊近耳朵低語，溫暖的氣息吹拂過來。「只要了解我絕不會選擇離開妳。好好休息吧，我們今晚就走。」

我意識逐漸模糊，迷茫地看著崔斯坦疾步走向窗簾，彎腰扯開縫線，把我小心翼翼地縫在布料裡面的文件取出來，這些日子以來，我一直以為他已經把密件挪至某個神祕地點。

他將計畫塞進外套口袋，頭也不回地匆匆離開。

18 崔斯坦

我快步穿越厝勒斯的街道，坦白說，我得極力克制才不致拔腿狂奔，因為絕對不能冒險洩露自己處境急迫——有如狗急跳牆——否則他們不會答應我的條件。

城裡塵土瀰漫，到處都是碎石岩屑，負責打掃任務的清道夫顯得筋疲力竭，臉上都是骯髒的汙泥，然而這並不妨礙他們留意到我停住腳步、點亮糟粕區外圍的路燈，其中好幾位丟下手裡的工作，迅速朝反方向離開，用不了多久，他們就會把我所需要的召聚而來。

但是第一步必須先處理追隨者的問題。

隨後的十五分鐘，我在糟粕區漫步，動作慢條斯理，假裝查看羅南肆意造成的破壞，其實是要給每個人足夠的時間準備，隨即轉入街角，閃進門裡頭，耐心等候。片刻之後，就聽見安哥雷米的手下在石頭廢墟裡穿梭的腳步聲，他們經過時我開始咳嗽。當他們轉過身來，我揚一揚帽子。「今天我需要更多的隱私。」然後立刻用魔法捆綁他們，丟進背後的屋子裡。

短短幾分鐘之後，我就來到平日熟悉的客棧。

「殿下。」老闆開口招呼，深深一鞠躬，跟著栓上背後的大門。「公主還好嗎？」

「她會痊癒的。」我說。一定可以的——只要離開厝勒斯，她就有救了。

「真是好消息。」男人微笑地說。「她今天所做的事有恩於大家。」

沒錯，他們都欠她一個人情。

「每一位都到了？」我逕自走向樓梯。

「是的。」

「很好，你負責留守。」

我一走進去就開始講話——時間寶貴、不容浪費。

「感謝大家聚集在這裡，」我說。「首先要慎重為我弟弟今天莽撞的舉動道歉，我開始明白他的威脅性不久就會脫離可控制的範圍，因此接下來只等時機許可，我打算好好處理他的問題，一次解決。」

他們默默盯著我，對於我所宣布事項毫無反應，我繼續說下去。

「但他不是我來這裡的原因。一如大家所見，咒語沒有被瓦解，只要有一絲巨魔血統的都無法跨出厝勒斯的疆界，昨天的地震足以證明危險迫在眉睫，必須盡快處理。上千噸的石塊勉強懸在頭頂上方，岌岌可危，只靠魔法托住。沒有我們的力量和技術，厝勒斯所有的居民註定走上毀滅一途。」我站在最前方，慢慢轉過身來，俯瞰著擠在昏暗地窖當中的混血種。「就是這個不幸的事實，讓你們在追求理想目標的過程中總是綁手綁腳，因為，你們，需要，我們。」

他們臉色陰沉，彼此交頭接耳，火氣上騰。「這種事不勞你提醒！」某人大喊。「你承諾要提供解決方案！」另一位吼叫。

「是的，」我說。「今天聚集在這裡就是要實現我的諾言。」我慢條斯理地掏出計畫書。「這些文件就是建造堅固的結構詳細的藍圖，一旦完工就可以取代大樹，讓你們從此擺脫對我們的需要。」

室內沉寂無聲。

「我願意為你們建造，但是要有代價。」

「我們已經承諾要保護你名單上面每一個人的生命安全。」一個名叫堤普的混血種大聲咆哮，他一邊的褲管在膝蓋以下打了個結，手臂環住朋友的肩膀當支撐。他就是希賽兒來到糟粕區的原因——他欠希賽兒一條命。「你還想要求什麼？」

我躊躇不定。他們知道希賽兒受傷，只是不曉得傷勢嚴重，若有人知道她情況危急，就不會同意我的提議，但這是我唯一的機會。

「你們沒有保證我的安全，」我說。「相信諸位都了解，引導這種革命性的變動——建造巨大結構體——我會樹立許多強大的敵人，如果只是危及我個人的性命……」低頭看著詳細規畫的藍圖，這是歷經多年研究的心血結晶。「現在的情況不一樣，如果我命在旦夕，希賽兒夫人也會有危險，各位，單單這一點就讓我們之前的協議變得難以接受，我必須確保她在你們當中能夠安全無虞。」

「那個女孩今天救了我一命，」提普說道。「還救了無數的混血種，就靠她一個人勇往直前，對付你那個惡魔弟弟，難道你以為我們這裡會有人要傷害她？」

我不擔心這一點，只在意他們是否願意冒生命危險來救她？目前的信任感不足以讓我冒險一試。

「原來你的代價是這個，」提普雙手握拳。「把你和希賽兒列入保證不傷害的名單，用來交換文件，確保她在你的戰友當中安全無虞？」他特意強調那個字眼，表情氣憤、不停地搖頭。

「不，」我說。「我要別的東西。」

手套中的指頭握緊卷軸，手指間泛黑的紋路浮現在眼前。我要救她，不管代價是什麼，一概在所不惜。

「我要知道厝勒斯每一個混血種的全名，用以交換這些卷軸和我個人的承諾，保證盡全力建造堅固的結構體支撐這個城市。」每一個支持者的真實姓名我都想知道，可惜沒有足夠的籌碼逼迫純種巨魔告訴我，現在只能將就，掌控混血種就夠了。

寂靜無聲。

「你對我們有十足的掌控權，」提普終於開口。「甚至超過你父親。」

我偏著頭，彷彿在思索他的話。「我保證，除非要保護希賽兒，我絕對不會濫用你們的全名，即使面臨死亡的痛苦，我也不會洩露任何一個名字出去。」

他們面面相覷，權衡利害得失。「我們需要時間考慮。」提普說道。

「現在就必須決定，」我冷不防說道。「否則獲得自由的機會就會如一縷輕煙般悄悄溜走。」

白熱化的火焰從手掌心燃起，我把卷軸高舉在火焰上方，看著邊緣開始焦黑。四周傳出懊惱的呻吟，我利用這些人一生的渴望，以他們最迫切需要的物品，交換一項巨魔不會輕易透漏的資訊。問題在於，只擁有他們的名字，這樣就夠了嗎？

19 希賽兒

隨後幾個小時我都處於在半昏迷狀態，意識模糊，昏昏沉沉，只知道安蕾絲一直都陪在旁邊。崔斯坦的阿姨下令把我清理乾淨，讓我死得有尊嚴一點。柔依和艾莉用魔法制住身體，幫我套上華麗的晚禮服，戴上耳環、手鐲和項鍊，將沉甸甸的珠寶一一掛在我身上。

國王再度光臨，萊莎尾隨在後面。

「你們都出去。」他咆哮一句，柔依和艾莉飛也似地離開，只有安蕾絲不動如山。

「我不會讓你傷害她。」她堅定地挺起胸膛。

「如果我打算那麼做，」國王說道。「妳以為自己能阻止我？」

「那我去找崔斯坦回來。」她奪門而出。

國王一直等到房門砰然闔上的時候，才開口說道。「去吧，請便。」接著朝萊莎頂起下巴。「妳去跟蹤她。」萊莎淺淺一笑，匆忙走掉了。

我僵硬地看著國王朝我而來。

「別這麼害怕，希賽兒，妳活著對我而言還比較有利用價值。」他微笑說道。「我已經找了女巫待命，隨時可以將妳治癒，只等崔斯坦採取行動了。」

苔伯特在說什麼？我那反應遲鈍的大腦試著理解他的言下之意。如果他那裡有人可以醫治我，那他在等什麼？我腦中警鈴大作。

「在妳來以前，崔斯坦不曾犯錯。」國王沉吟地坐在床沿，肥胖的身體壓得床舖吱嘎呻吟。「但他現在變得很魯莽，輕率躁進，憑著感情下決定、不夠理性，這一點雖然切合我的目的，卻對未來的國王身分非常不利，等他為後果吃盡苦頭的時候，反而有助於學習。」

「你在操縱他，」我變得大舌頭，講話含糊不清。「既然知道他有反抗的計謀，為什麼不阻止？還讓他一意孤行？」

「我在訓練他，」國王澄清。「這次會失敗，但他很快就會捲土重來，或許還是失敗，但屢敗屢試，總有一天會從我冰冷僵硬的屍體上奪走皇冠，那時他才會成為統治厝勒斯所需要的人才，而不再是感情用事、過度理想化的孩子。」

宏亮的鐘聲響徹四周，意味著宵禁時間開始了。

他嘆了一口氣，「妳瞧，希賽兒，崔斯坦從小就迷上人類，」他轉動胖指頭上的金戒指。「經常溜出皇宮，跑去市場和人類的販夫走卒攪和在一起，纏著他們問東問西、跟動物嬉戲。等到年齡漸長，隨扈經常發現他站在溪水路盡頭，遙望外面的世界。他對政治興趣缺缺，也不在乎我們族類所關注的問題，我漸漸明白他的立場和我相左，不管我費盡多少心思、處心積慮要讓他屈服，他就是不肯轉彎，身為王位唯一繼承人，讓他有恃無恐、無後顧之憂。」

「所以你再生一個孩子來取代他？」我低語。

國王搖頭以對。「只是威脅他的地位，妳知道弟弟出生時他說了什麼嗎？」

我搖頭。

「他很高興有個弟弟，因為這樣他就不必當國王了。」回憶勾起了他的怒火，他沉聲道。「彷彿當國王只是選項！我當著他的面，把他最喜歡的人類，一個和藹的老人家，處以五馬分屍做為懲罰。同時警告他，只要再被我發現他和商販來往，一概殺無赦，不管對方是誰。他哭了，不過第二天就開始認真追求王位。」

房門推開，一個陌生的巨魔匆匆走進來。「國王陛下，混血種在街上起暴動。」他上氣不接下氣。

「果然，」國王面無表情——顯然預料到了。「下令包圍，但是盡量減少死傷人數，明白嗎？」

巨魔驚訝得睜大眼睛。「可是他們像發瘋一樣，陛下，我不明白如果不能訴諸暴力要怎麼壓制他們。」

國王站起身來。「讓大家知道，我不希望百姓死傷，」他咄道。「用和平的方式包圍，因為他們不是自己願意，而是被人煽動。」

巨魔迅速點點頭，快步離開。

「他變兇狠了，」國王若有所思說道。「他承諾殺害自己的弟弟，用最卑劣的方式欺騙追隨者遂行個人目的，還把別人送入死地只為了保護自己認為更重要的對象。然而他是對的，我的小女巫，妳的確是我們通往自由之路的關鍵人物。」

「不，」我大驚失色，低聲呢喃。「你說謊。」

「我不能說謊，」國王偏著頭，似乎豎起耳朵傾聽。「他快到了。」

果然沒錯，走廊傳來急促的腳步聲，感覺崔斯坦跑得很急，我張開嘴巴想要尖叫警告，卻被魔法堵住，發不出聲音。「妳瞧，希賽兒，我會一而再、再而三地打擊他，直到將他塑造成我心中屬意的繼承人為止。」他拿起枕頭，表情陰森地逼近。

門被撞開。

「離她遠一點！」崔斯坦大吼一聲，用魔法將他父親震開，國王放聲狂笑，崔斯坦在隱形拳頭的攻擊下，腳步踉蹌倒退。

「你是傻瓜，孩子，」他發出刺耳的笑聲。「竟然在最虛弱的時候下令暴動造反，其實只要再等一陣子，或許就有機會成功。」

空氣中充滿濃厚的魔法能量，讓我幾乎無法呼吸，而且氣溫升高，室內熱得像烤爐一樣，我無助地躺在床上，全身麻痺、無法動彈，只能睜眼旁觀。

眼前凶險的戰況只能由後果判斷，因為武器不是肉眼可見的，魔法的劍刃在空氣中咻咻有聲地砍向魔法盾牌，鏗鏗鏘鏘的聲音就像鋼鐵兵器相互對抗，崔斯坦和他父親各自中劍，蒼白的肌膚皮開肉綻，但是短短幾秒鐘就迅速癒合，只有身上剩餘的血跡顯示他們曾經受了傷。

即使不懂魔法，還是看得出來崔斯坦顯然屈居下風，我可以感受到他的疲憊和恐懼，陰沉的表情和急促的呼吸聲更是落敗的具體證據。汗溼的頭髮黏在額頭上，國王一拳揮中他的手臂，我心驚膽跳，驚呼一聲，看他搖搖晃晃，差點摔在地上——許多個睡眠不足的夜晚、死妖的攻擊、加上支撐大樹的努力，在在耗費他的能量和體力。

「玩夠了。」國王咕噥一句，周圍空氣似乎被壓縮在一起，魔法翻騰洶湧，和崔斯坦的能量相互撞擊，發出震耳欲聾的霹靂聲。

我費力呼吸——炙熱的空氣隨著困難的喘息流入肺部，灼痛難當，身體抽搐震動，手指揪住毛毯，虛弱地試圖拖著身體下床去找武器，不管任何東西、只要能派上用場都可以。因為崔斯坦膝蓋著地跪了下去，表情扭曲，他的父親卻臉不紅氣不喘，淡定得很。

我一臉駭然，因為國王眼睛盯著崔斯坦，卻從腰間抽出匕首，朝我射了過來。

「不！」崔斯坦大叫，匕首射中魔法牆，噹啷一聲，掉在床上。但是傷害已經造成，我又驚又痛，不停地啜泣，看著國王用魔法將崔斯坦壓在牆壁上，他無聲地喘息，試圖用手指扳開掐住喉嚨的力量，但是徒勞無功。

「真是可悲啊，」國王嗤之以鼻。「就像你的軍隊倒在街道上，做垂死掙扎一樣。」

被魔法困住的崔斯坦垂頭喪氣，意志消沉地凝視我的眼睛，用嘴型無聲地吐出一句：「對不起。」

我猛然吸入炙熱的空氣，哀叫一聲，嗓音尖銳充滿恐懼，像野獸臨死之前的哀嚎。

安蕾絲凌空撞破玻璃門，出現在房裡，一身男裝打扮，像勇猛傳奇的少女戰士。她就地一滾站起身來，強大的力道把國王震退好幾步，崔斯坦摔在地上，大口喘氣，胸膛快速地上下起伏。他們聯手和國王決鬥，室內的空氣再度壓縮凝聚。

情勢旋即改觀，就像安哥雷米所言，安蕾絲受過精良的戰事訓練，下手冷酷無情，不講情面，完全不像崔斯坦。

「逮到他了！」安蕾絲得意洋洋，大聲嚷嚷。戰況終於分曉，國王表情頹喪、膝蓋著地，舉起手來顯然是認輸。

「現在換你聽從我的指揮，」崔斯坦大步走過去。「你要讓我們找人來幫助希賽兒，不許干預、不許再威脅她的性命，我要你承諾不得反悔。」

「如果我拒絕呢？」

崔斯坦表情頑強，不肯讓步。「那就要你的命。」

苔伯特有些畏縮。「你不會殺死自己的父親，」他低聲下氣地懇求。「那是大逆不道的——你親愛的妻子不會希望你變成這樣。」

崔斯坦轉頭看我，我瞥見國王伸手去抓地上的東西，急忙出聲警告，聲音含混不清。那一瞬間室內陷入黑暗，我的光也跟著熄滅，只聽到某種沉重物品落地的撞擊。砰的一聲，伴隨而來痛苦的哀嚎。接著火光重新亮起，是國王的光，崔斯坦躺在地上，神智清醒，不住地掙扎，試圖掙脫那一條捆住他的發光繩索。安蕾絲則是倒在遠處的牆腳，用來對付死妖的鋼矛插在她的胸口。

「看來妳即將面臨跟妳姊姊一樣的命運。」國王說道，走過去撫摸安蕾絲的臉頰，「可憐的姊妹花，畢竟妳看起來很賞心悅目。」

她呸一聲，飛過半空中那團唾沫被魔法抹掉。

國王皺眉以對。「傻女孩。」他抓住長矛的握柄，整個刺穿她的胸口。安蕾絲痛得大叫，發出咯咯的聲音，鮮血從嘴角流下。她手指抓住長矛，卻沒有力氣拔出來，國王看得哈哈大笑，轉身朝我而來。

我嚇壞了，死亡其實很容易，就是忍受疼痛煎熬，直到結束為止。活著才是困難所在，需要永無止境的勞心勞力，就算竭盡所能，所有的心血可能被偷走，瞬間化為烏有。我在厝勒斯的日子是一連串奮鬥不懈的過程，幾次徘徊在死亡的關口，都沒有擊潰我的求生意志，反而堅毅不撓，不只為自己生命奮戰，也為了崔斯坦。

我不是軟弱到全然無助。

「可憐的希賽兒，」他說。「人類脆弱得可悲，看妳痛得這麼難受，我很想讓妳活下去，但又覺得妳是沉重的負擔，終究對他不利。」

崔斯坦大吼大叫，但是沒有聲音——國王隔絕周遭的一切，唯有安蕾絲靠得很近。

「你不會讓我死掉，」我幾乎喘不過氣，「否則何必把女巫帶進厝勒斯來救我？」

「的確，」國王擋在我和崔斯坦中間，不讓我們眼神有交會的機會。「但崔斯坦不知道——即使人在這裡，他依舊掌控著在街上暴動的混血種，因為他知道每一位的名字。我拭目以待，看他打算玩到什麼程度。」

這些在街上戰鬥的混血種因我而死，我不能坐視不管。

「我開啟了安諾許卡的魔法書。」我低語。撇開崔斯坦與父親之間的政治歧異和恩恩怨怨，國王最大的心願在破除咒語。

他猶豫了一下。

「我知道她的祕密，和她用來對付巨魔的咒語，如果你現在住手，我願意全盤托出。」

國王哈哈大笑。「是喔？既然知道女巫的咒語，為什麼現在不用？」濃郁的血腥味撲鼻而來，戴著金屬氣味，安蕾絲動了一下，鋼矛的末端在地毯上拖動，我不敢看向安蕾絲的方向，只能信任她知道該怎麼辦。

「騙人，」他靠過來強調。「妳根本一無所知。」我的呼吸淺短急促。每過一分鐘，就有更多人喪命，我只有一次機會可以翻盤。

「單單我知道的咒語就足夠阻止你。」

一只杯子凌空飛過來，鮮血濺向國王臉龐，溫熱的液體滴在我的臉頰上，北地的語言念起來陌生拗口，但我憑著直覺就能領悟其中的含意。

束縛光芒。

一股巨大的能量從地面湧入我的體內，新鮮的冷空氣突然掃過室內，排除戰鬥過後的惡臭，如同當時在迷宮裡醫治崔斯坦的經歷，我從血中汲取能力，使出連巨魔都望塵莫及的奇特魔法。

「不可能。」國王嘶聲說道。

「有時候，」我低語。「真相殘酷又傷人。」

國王往後倒下，崔斯坦的魔法把他壓制在地上，矇住他的咒罵聲。

「希賽兒！」崔斯坦立刻跑來床邊。「妳還好嗎？」

我搖搖頭。「去救安蕾絲。」

他跪在安蕾絲旁邊，她流出的鮮血像一條紅河順著鋼矛流成一灘。「安蕾絲？」

她睜開眼睛。「殺了他，崔斯坦，就趁現在，你要把握機會。」

他轉身看向自己的父親。從我在床上的位置，看不到國王的臉，但憑想像就知道他一定氣炸了——我的咒語斬斷他的魔法，安蕾絲和崔斯坦聯手讓他身體無法動彈，使他無助地任人擺佈。我很懷疑他會因此嚇破膽。不過不管國王有多少缺點，肯定沒有懦弱這一項。

崔斯坦拔出長劍，檢視鋒利的邊緣，彷彿沒看過劍刃一樣。「我做不到，」他呢喃。「不能這樣。」

「他終會掙脫的，崔斯坦，一定要趁現在。」安蕾絲語氣緊繃地強調。我閉上眼，她的聲音有些模糊。安蕾絲說得沒錯，我所了解的崔斯坦不會狠下心弒父，至少不會趁他無助躺在地上的時候，就算國王罪有應得，他也不會如此冷血殘酷。

「那就由我代勞！」安蕾絲的話打斷了我的思緒，我奮力睜開眼睛。

「不，」崔斯坦斷然拒絕。「不可以。」

安蕾絲靠著牆壁，虛弱無力地往下滑。「我需要你把鋼矛拔出來，金屬攪擾了我的魔法。」她伸出手來，試著抓住某種看不見的物體。

「妳會失血過多而死。」崔斯坦不肯。

「我已經是死人了，如果你還有其他想法，那是你太笨。」她嫣然一笑，即使全身血跡斑斑，依然美麗如昔，「我會盡可能捆住他，撐一陣子，幫你爭取時間，趕快走吧。」

崔斯坦僵住不動，表情猶豫不決。

「我不能丟著妳不管。」他說。

「你欠我很多人情，崔斯坦，我現在要求償還。只要你帶希賽兒離開這裡，就算都償還了，我們之間的債務一筆勾銷。」

崔斯坦緩緩點頭。「妳不曾讓我失望過，一次都沒有。」

「我也不想破例，」她低語。「去吧，好好活著。」

我默默看著崔斯坦握住鋼矛的長柄。

「對不起，」他說。「我非常抱歉，妳給我了這麼多，然而……」他難過得說不下去，「妳想要的東西，我卻不能給妳。」

「別說了。」她呢喃。

崔斯坦搖頭以對。「妳應該得到更好的。」

「我愛你。」她說，淚水在嘴角和鮮血和在一起，變成了粉紅色。

崔斯坦握著鋼矛的手在發抖。「安蕾絲托米亞。」他喊名字的方式彷彿那是一句咒語。她瞳孔突然擴張，目不轉睛凝視著他，神情專注得不可思議。

「不許再流淚！」他命令，安蕾絲的眼眶立刻乾了，之後他又說了一串我聽不懂的話，不屬於這個世界的語言。從語氣判斷，我知道他在告別——依依不捨跟好友訣別。結束的時候，崔斯坦傾身吻了一下，抽身退開時，鋼矛跟著一起拔了出來。

尖銳痛苦的哀號聲讓我畏縮不已。

「快走，」她倒抽一口氣。「時間不多了。」

崔斯坦立刻走到我身邊。

「國王都知道，」我幾乎透不過氣。「我試著警告你，可是……」劇烈的咳嗽破胸而出，「他把女巫藏在某個地方。」

崔斯坦回頭望了父親一眼。「他不會告訴我女巫在哪裡的，我們最好現在就離開，這是僅有的機會。」

國王嘴角露出一絲滿意的笑容。

崔斯坦小心翼翼地運用魔法裹住我的身體，固定肋骨，再把我抱起來。我虛弱無力、死氣沉沉地躺在他懷中。

「謝謝妳。」我對安蕾絲低語，崔斯坦快步走向破碎的窗戶。

「我不是為妳而做。」她說。

「我明白，」我說。「還是感謝妳。」

越過崔斯坦的肩頭，我看見國王躺在地上，被魔法困住無法移動。我猜得沒錯，他眼中毫無恐懼，反而有一股深沉的冷靜，這眼神讓我心驚膽跳，害怕表面上勝負已定，其實我們走的每一步都在他精心的算計裡。

崔斯坦跨到露台上，穿越隔音屏障，哭號和尖叫聲此起彼落。

「我命令支持者發起暴動。」他對我解釋道。

「我知道，」我聲音沙啞。「你必須叫他們罷手。」

「還不到時候，」他嘀咕，匆匆走向皇宮的圍牆。「維多莉亞？文森？」

「在這裡！」

我的身體浮到半空中，感覺有另一道魔法抓住我，讓我緩緩下墜，躺入文森寬闊的懷抱。「別擔心，希賽兒，」他笑嘻嘻地說。「我們要帶妳出去。」

崔斯坦一躍而下，把我抱回懷裡。「馬克到了？」

他們點點頭。

「那就走吧。」

「溪水路的戰況最激烈，」我們在陰暗的巷道裡穿梭，悄悄越過厝勒斯城區時，維多莉亞低聲說道。「因為他們認定我們會走那條路，所以將計就計，好引開士兵的注意力。」

魔法撞擊，刀劍互砍的鏗鏘聲不絕於耳，夾雜著垂死傷患的哀號和尖叫，血光閃過眼前，這些人都是因我而死，因為崔斯坦命令他們起來造反，可是感覺起來如夢似幻，像是我精神錯亂的想像。

馬克站在迷宮大門旁邊，手裡的鑰匙閃閃發亮。

「跟我們一起走，大家一起出去。」我含糊地咕噥，試著抓住他的手，感覺距離好遙遠。

「噓，不要出聲，希賽兒，」馬克說道。「妳知道這裡就是我的歸屬。」

「但我不想把你丟在這裡。」我開始啜泣，捨不得丟下任何一位。厝勒斯的光芒不住閃爍，變得一片模糊，再怎麼努力聚焦，就是看不清楚，最後消失不見。我們在迷宮裡穿梭奔跑，馬克的告別從後方傳過來。「再見了，公主。」

這一路有雙胞胎陪同，維多利亞在前，文森殿後，交談的聲音聽起來模模糊糊，他們負責在漆黑的坑道裡帶路，有時要爬過狹小的石頭縫，崔斯坦的魔法讓我緊緊貼住他的身體，跟上每一個腳步。我開始夢想上面的生活——我和崔斯坦攜手站在大地之上。

「上面很溫暖，」我呢喃。「我會教你騎馬，一起奔向天涯海角，要去哪裡都可以，上面沒有怪物，沒有任何事能夠把我們分開，永遠在一起。」

他的唇拂過我的額頭。「噓，我的愛，妳知道這裡不能有聲音。」

我迷迷糊糊地睡著了，醒過來的時候只剩我們兩人。「維多莉亞和文森在哪裡？」

我提問，試著環顧周遭，可是連轉頭都會痛。

「去幫我們爭取時間。」崔斯坦說道。

「他們要跟我們一起走，」我說。「他們肯定喜歡打獵、到處旅行、跟大家分享滑稽好笑的事情。」

「或許以後吧。」崔斯坦說道。

我昏昏沉沉地睡著又開始做夢，這回夢到一個光明耀眼，只要盯著一個東西太久、就會眼花撩亂的地方。腳下綠草如茵，紅玫瑰花叢迎風招展，天空湛藍，顏色本身看起來熟悉無比，但似乎比日常所見的更加鮮艷。空氣嚐起來甜甜的，微風帶來夏天和香料的清香，村民圍著我跳舞，各個美麗出眾、舉止優雅到不可思議，他們好奇的眼光像珠寶一樣閃閃發亮。頭髮和膚色七彩繽紛、就像天空的彩虹，纖細的身體以薄霧為衣，他們圍著我跳舞，氤氳的霧氣裊裊滾動。

「她是誰啊？她是誰？」甜美的嗓音輕輕吟唱，讓我感動到眼眶泛紅。

「做夢的凡人。」一位低聲回應，手指撩起我的頭髮，用力一拉，各個哈哈大笑，爭相撲到我身上，尖銳的手指掐入肌膚，逼我跪在地上，我尖聲大叫，試圖逃跑，結果發現自己竟然在跳舞。

「一起跳舞吧，凡人，」他們咯咯笑。「為永恆而舞。」

「住手。」

如雷轟般的嗓音傳過草原，周圍的生物嚇得跪在地上，我轉身一看，以手遮眼，前方的男子渾身散發出明亮刺眼的金光，透過指縫，看到旁邊站了一個女孩，膚色白皙，頭髮烏黑，眼珠像綠碧璽一樣。

「她已經許配給凡人王子。」男人說道，草原響起竊竊私語的聲音。「妳為什麼在這裡？」

「不知道，」我低語。「我想不起來。」

旁邊女孩咯咯發笑，聲音不留情面。「妳來求好處，竟然忘記要求什麼？」

草原上其他人跟她一起嘲笑，唯有金色男子例外。「如果雙方目標一致，這樣還算人情債嗎，愛妻？」他輕聲問道。

「是的，」她嚴厲的語氣讓人畏懼。「債務就是有借有還。」

「可是我根本不曉得自己要什麼。」我嘀嚅。

男子微微一笑，我雙膝著地跪下去。「妳來尋求自己最渴望知道的名字。」他歪頭思索的模樣看起來異常熟悉。「只要用了它，妳就欠我一個人情。」他彎下腰，溫暖的氣息像夏日微風拂過我的臉頰，湊近我的耳朵吐出一句話。

「希賽兒，醒醒！」

崔斯坦傾身過來，我慌亂地睜大眼睛。

「我們在這裡。」

我眨眨眼。「我剛才夢到一個地方，那裡的夏天永無止境……」我住口不語，迷惘地打量周圍的環境。這是迷宮入口，感覺路克帶我來到這裡似乎是上輩子發生的事情。流水沖刷岩石，水面似乎下降許多，應該是酷暑造成池塘逐漸乾涸，相較之下洞穴變得更寬闊。崔斯坦坐在岸邊，把我摟在腿上，小光跟著他的光球在岩穴上方盤旋，像迷失的小狗找不到方向。

「我們在這裡等什麼？」我提問。

「等待黎明，」他說。「妳看。」

微光在池水裡發亮，隨著黎明的亮度越來越強，只有小部分的岩穴牆壁沒入水裡。我現在明白了，一旦碰到乾旱時期，或許不必涉水就可以走進洞穴裡。外面好像有人講話的聲音，還有馬兒仰頭長嘶的叫聲。

「時間到了嗎？」

「是的。」但他動也不動，反而將我摟得更緊，臉頰埋進髮叢裡。

「崔斯坦？」

他轉過頭來，臉上淚水縱橫，我想幫他擦拭，安慰他一切將有轉機，但是身體僵硬，疼痛難忍。

「答應我，妳要好好復原，」他低語。「再次堅強起來，在馬背上馳騁，飛越夏季的草原；在春天的細雨底下翩然起舞；用舌尖融化冬天的雪花。妳要隨心所欲，順風翱翔，好好活下去。」他撫摸我的頭髮。「答應我，不要忘記。」

一股困惑襲上心頭。「你會跟我在一起，攜手做同樣的事情吧？」

他吻我的唇，堵住所有的疑問。「答應我。」

「不，」我知道他的意圖了，開始掙扎。「不，你說過你會跟我一起走，你說過，還信誓旦旦地承諾。」崔斯坦不能說謊，不會騙人。

他站起來涉入水中，我試圖掙扎，但他太強壯。「崔斯坦，不，不，不要！」我想尖叫，但是做不到，想要緊抓不放，手指卻不聽使喚。冰冷的河水刺痛肌膚，我害怕極了，開始啜泣。「你說過絕對不會離開我！」

他停住腳步，沉重的悲傷勝過山石的重量。「如果能選擇，我絕對不會放手。我愛妳，希賽兒，此情不渝，直到我嚥下最後一口氣。這是真心話。」他用力吻了我一下。「原諒我。」

崔斯坦推我入水，我立刻從另一邊冒出來。我大口喘氣，陽光刺得眼睛很痛，裙襬的重量把我拉入水底，我沒有抗拒，繼續往下沉，然後睜開眼睛搜尋洞口，尋找回去的路，但是眼前只有石頭。我用拳頭槌打幻影，影像不為所動，我放空，身體變得軟綿無力，直到雙腳觸及底部。他看得到——一旦明白我的心意，就會挪去石壁的幻影，不讓我回去，就要看著我溺斃。

突然有隻手臂環住我的腋下，把我往上拉，我的頭浮出水面，咳水又咳血。

「我抓住她了！」克里斯多夫大叫的聲音。

「不！」我咳嗽不已。「我要回去，我要回去。」但我發不出聲音，也無法呼吸。

「沒事了，希賽兒。」他把我拉向岸邊，遠離崔斯坦，更多手伸過來幫忙，把我抬出水面，耳邊傳來傑若米的聲音，試著安撫我的情緒，但那些話對我毫無意義。我必須回去，崔斯坦困在那裡，有生命危險，一旦有人洗去國王臉上的血跡，魔法恢復之後，崔斯坦就慘了，我必須回去。

「崔斯坦。」我用嘴型呼喊，朝岩石伸出手臂，感覺他還站在那裡等待。

「我們必須送她回家，」克里斯說道。「時間所剩無幾，非常緊迫。」

我被抬到半空中，馬嘶的聲音聽起來模糊不清，接著開始移動，速度加快，漸行漸遠。

20 希賽兒

火光亮得刺眼，我呻吟地撇臉轉向旁邊，手織的粗糙床單摩擦臉上的肌膚，煙味聞起來很不舒服。「有東西燒焦了。」講話的聲音連自己聽起來都像大舌頭，含混不清。

「她醒了。」

好熟悉的嗓音。「奶奶？」

「是的，親愛的孩子，妳平安回家了。」她坐在床沿，床墊順著重量往下沉。

「妳還記得發生什麼事情嗎？」

回憶立時浮現眼前：崔斯坦抱著我穿越迷宮，懇求我原諒，接著做出叫人難以寬恕的事情。我開始抽噎。

「潔絲，去幫妳妹妹熱一點雞湯送過來。」

房門開了又關。

「克里斯多夫和傑若米把妳送回來的時候，妳幾乎回天乏術，我差一點就救不了妳，至今昏迷了三天三夜，現在才醒過來。」

三天！聽了心臟一震，我離開的時候，國王還活得好好的，厝勒斯在他的怒火底下誰也逃不了。我呼吸急促，心急如焚。崔斯坦不見了，我一點都感受不到他的存在，心頭空空蕩蕩。

「希賽兒，放輕鬆，妳現在很安全。」

我急躁地拉扯毛毯，把奶奶的安慰當成耳邊風，陽光刺得眼睛好痛，我淚眼汪汪，終於從毛毯底下抽出手來，看到指關節中間的蕾絲紋路閃爍著銀色的光芒。

「感謝神。」我呢喃著，虛弱無力地躺回床單上。恐慌平復以後，這才查覺自己可以感受到崔斯坦的存在，非常輕微——他過得很悲慘，痛苦不堪。

「希賽兒，這段時間妳去哪裡了？我們到處搜尋，始終不肯放棄，歷經好幾個星期，甚至幾個月！我們甚至以為妳死掉了！」奶奶說道。

「我……我……」不知道要從何說起，「請妳把窗簾拉上好嗎？」

她拉起窗簾，光線黯淡下來。我發現奶奶蒼老很多，皺紋更深，平常挺直的腰桿變得駝背消沉。

「克里斯多夫說看到妳躺在他家院子前面，趕緊把妳送回來。」她輕聲說道。「但妳的衣服從裡到外都是溼的，」她凝視我的眼睛。「最近至少一星期沒下雨，妳沒穿鞋，腳卻很乾淨。」她顫抖地轉過身體。奶奶一直以來都很堅強，我從沒看她掉過眼淚。

「我被路克綁架，」我輕聲說道。「就在從鎮上回家的途中。」

奶奶猛然轉過來。「這些日子妳都在崔亞諾？」

「不，」我說。「他把我賣了。」

她睜大眼睛。「可是誰……」她頓住，立刻轉身走到另一頭，拉開五斗櫃，東翻西找，從皮囊裡掏出一樣東西。仔細查看，她咬牙吸口氣，一枚錢幣掉在地板上。

「巨魔的黃金，我就知道，因為重量不一樣。」

「是的。」我艱難地翻身坐了起來，感覺肋骨痠痛又僵硬。

「他們是怪物。」她顫抖的語氣充滿恐懼。

「某部分是，」我欣然同意，挪動雙腳下床。「但大多數都很迷人。」

奶奶錯愕地盯著我看。「他們要妳做什麼？」

門被推開，潔絲探頭進來。「吉瑞德家的人來了。」

「妳先下去招呼，」我說。「我換件衣服，很快就好。」

「妳不該下來，」奶奶說道。「應該臥床休息。」

「我沒事，妳們先去吧。」

直到她們下樓之後，我才套上舊衣服，身體僵硬，動作笨拙。肋骨那裡有一條長長的疤痕，顏色粉紅，是最近才癒合的，看來是奶奶用魔法救了我，如果國王的說法沒錯的話，但我現在沒空思考這個問題。我輕手輕腳地越過走廊，走進父親的房間，推開窗戶，爬到外面遮雨棚，再從那裡落地，但膝蓋一軟，整個人跌坐在地上，氣喘吁吁。我不敢耽擱，必須趕緊回到厝勒斯，崔斯坦因我而受傷，我要去救他。

我悄悄溜到屋子前面，鬆開克里斯多夫栓在柱子上的韁繩，翻身爬到馬背上，這時門被推開，克里斯多夫探頭出來，看到我時目瞪口呆。

「希賽兒，不要走！」他大喊。

「我必須回去。」我呢喃地策動馬兒轉向，用力一夾馬腹，急馳而去。

根本沒走多遠，就在樹林邊緣，克里斯多夫已經騎著他父親的坐騎追上來，他伸手抓住我的韁繩，讓兩匹馬同時停下來。

「妳瘋了嗎？」他大叫。

我踢了踢馬腹，試圖拉回自己的韁繩。僅僅一小段路就累得我筋疲力盡，稍微用力已經讓受傷的肋骨哀叫不已。

「我必須回去！」這些話變成抽噎的啜泣。「他受傷了，我要回去幫助他。」

「怎麼幫？」克里斯多夫翻身下馬，把我拉下馬背。「妳去又能做什麼？騎馬回到厝勒斯、要求他們放人嗎？他走不了，希賽兒，他跟其他人一樣困在底下出不來。」

「你不能叫我袖手旁觀！」

「這是我的期望，也是崔斯坦的心願。」他扣住我的下巴、強迫我直視他的眼睛。「妳如果回去，他為了救妳所犧牲的一切就像付諸流水、白費力氣。妳幫不上忙的，希賽兒，只能確保他的犧牲有所回饋。」

「你當然可以這樣說，」我咬牙切齒。「因為你恨他、嫉妒他，就算知道他死了，也不必假裝掉眼淚。」

克里斯突然放開我。「這就是妳對我的評價？」

我別開目光、膝蓋發軟，乾脆癱坐在地上。

「妳認定我會因為嫉妒就希望他早點死掉？」

「那就證明我的想法是錯的，」我聲音低微，幾乎聽不清楚。「幫助我回去救他。」

「妳回去不是幫他，只會造成反效果。」克里斯答道，惆悵地看著馬兒走開去吃草。「我答應他要盡心竭力保護妳的安全，即便他沒有做這個要求，我也不會放妳走，更不能讓妳為了一個巨魔白白去送死，就算妳因此恨我都沒關係。」

「你不該提他的名字，」我的指尖插進土壤。「更不能討論有關厝勒斯的一切。」

「他已經釋放我，除去誓言的拘束，同時吩咐我把這個東西交給妳。」他把一封信丟在我的裙子上，金色封泥在陽光下閃爍發亮。我遲疑地撿起信函拆開，看到崔斯坦熟悉的筆跡，胃就痛得揪在一起。

希賽兒：

我有千言萬語想要對妳傾訴——縱然有幾個小時、甚至幾天的時間慢慢訴諸於筆墨，都不足以表達清楚，今生加上來世的話語還是不夠多，但我不能再耽擱下去。頁面的墨水剛乾，妳已經徘徊在死亡邊緣，眼前沒有多餘的時間躊躇，除了一句我愛妳，希望妳能夠活下來看見這封信以外，就是慎重的警告。妳絕對不能重返厝勒斯，回來只有死亡一途……

我飛快地瀏覽，看了一遍又一遍，紙張在手指間顫抖。

「他給了妳重新出發的機會，希賽兒，」克里斯跪在旁邊，將抖動的信紙放在我腿上。「如果妳的願望是留在蒼鷹谷，就可以順理成章、在這裡開啟全新的人生。」

雖然沒有說出口，但我明白他心裡在想什麼。我用木然的眼神看著親愛的家人匆匆跑過來。克里斯說得對：正確的決擇——安全的決定——就是留在蒼鷹谷，有一天嫁做人婦，生兒育女，把厝勒斯拋在腦後，埋入記憶深處。忘記魔法，忘掉崔斯坦。

妳絕對不能重返厝勒斯……

我望向南方，望著大海和崔亞諾的方向，或許我被厝勒斯禁足，然而世界上沒有任何力量可以強迫我忘掉那裡，也無法逼我放棄。我不是軟弱無助，毫無能力——這與事實相差十萬八千里。女巫的魔法本來就流竄在我的血液裡，強大得足以制止巨魔的法力，其中必有特殊的意義，天曉得如果再多加練習，我的能耐會達到哪裡。趁著練習的時間，同時開啟追蹤之旅，我不確定要去哪裡尋找安諾許卡的蹤跡，也不知道找到她的時候要如何處理，只有一件事我非常確定。

她必須死。

（千年之咒：誓約（下）全文完）

致謝

我可以毫不遲疑地說，沒有家人的愛護與支持，這本小說不可能付梓。

感謝爹地，早在我學會造句以前，就開始讀奇幻小說給我聽，等我終於開始以後，又幫忙修改潤飾。

謝謝媽咪，在我突如其來做了一個不可理喻的決定、一心要當作家的時候，她二話不說支持到底，更是我天字第一號的啦啦隊長。

謝謝Nick，讓我進退有據，不致妄自尊大——沒有人像你這麼懂得揶揄我的特質。

再來要特別感謝我那位不知倦怠為何物的經紀人Tamar Rydzinski，根據撰寫電影大綱須簡潔有力的概念和兩百五十個字的規定，把我從冗長晦澀的泥沼中拯救出來，你讓我美夢成真，為此更要獻上由衷的感激。

還有我的編輯Amanda Rutter，謝謝妳愛上我筆下的巨魔，給了我一次無與倫比的奇妙體驗——目睹書籍上架的喜悅。期待在可預見的未來，和妳、和其他Angry

Robot/Strange Chemistry 成員再有共事的機會。

接下來更要感謝那些在出版過程當中，被我拖累的朋友們。謝謝 Donna 在 Earl's 請我吃了無數頓的午餐，聆聽我口沫橫飛地講故事；謝謝 Lindsay 那永無止境的熱情與技巧高超的推銷術；謝謝 Carleen 和 Joel，好心招待並接納隱士在你家地下室住了整整五個月；更感謝所有惦記我的朋友，不厭其煩地把我從奮筆疾書的洞窟裡挖出來，總算可以說還有一點社交生活。

最後壓軸的是 Spencer，謝謝你慧眼獨具、偏愛這些有點瘋瘋癲癲又不會下廚的作家，雖然連你自己都很驚訝，少了你，我的心情和肚子肯定悽慘無比。

中英名詞對照表

A

Albert　亞伯特

Anaïs (Anaïstromeria)
安蕾絲 (安蕾絲托米亞)

Angouleme　安哥雷米

Anushka　安諾許卡

Artisan's Row　阿媞森藝品

Artisans' Guild　藝匠公會

B

Bakers' Guild　烘培公會

Baroness de Louvois
路易斯女子爵

Brule River　布魯爾河

Builders' Guild　承造公會

C

Castile　卡斯提亞

Cecile Troyes　希賽兒・卓伊斯

Charlotte Le Brun　夏羅特・布魯

Christophe (Chris)　克里斯多夫
（克里斯）・吉瑞德

Chronicles of the Fall
崩山編年史

Clarence　克萊雷斯

Cogs　鋸齒

D

Devil's Cauldron　惡鬼鍋

Dregs　糟粕區

Duchesse de Feltre
費爾翠女公爵

E

Elise　艾莉

Esmeralda Montoya
艾莫娜妲・蒙托亞

F

Finn　芬恩

Fleur　花兒

Forsaken Mountain　魔山

Frederic de Troyes
佛雷德克・卓伊斯

G

Genevieve　吉妮薇

Goshawk's Hollow　蒼鷹谷

Guerre　格爾兵棋

Guild　公會

Guillaume　吉路米

H

Half blood　混血種

Heaven's Gates　天堂之門

I

Isle de Lumiere (Isle of Light)
光之島

J

Jerome Girard　傑若米・吉瑞德

Jewelers' Guild　珠寶公會

Joss　潔絲

K

King Alexis III　國王亞力士三世

King Marcel III
馬歇爾三世（阿呆馬歇爾）

King of Summer　仲夏國王

King Tristan I
崔斯坦一世（建造者）

King Xavier II
薩維二世（拯救者）

L

Lady Damia, Dowager Duchess d'Angouleme　戴米爾夫人，安哥雷米公爵遺孀

Lessa　萊莎

Liquid Shackle (Elixir de la Lune)
液態枷鎖（月神的靈丹）

Luc　路克

M

Madame Delacourte
迪勒可提夫人

Marc de Biron, Comte de Courville
馬克・畢倫，柯維爾伯爵

Martin　馬丁

Matilde　美妮妲

Melusina　梅露希娜巨龍

Miners' Guild　礦產公會

Montigny　莫庭倪

O

Ocean Road　大洋路

P

Penelope　潘妮洛普

Pierre　皮耶

Q

Queen of Winter　隆冬之后

R

Reagan　芮根

Regent　攝政王

Renard farm　雷納德農場

River Road　溪水路

Roland Montigny　羅南・莫庭倪

S

Sabine　莎賓

Sluag　死妖

Sylvie Gaudin　希薇・高登

T

The Fall　大崩塌

Thibault　苔伯特

Tips　堤普

Trade magister　交易監察官

Trianon　崔亞諾

Tristan　崔斯坦

Trolls　巨魔

Trollus　厝勒斯

V

Victoria de Gand (Vic)
維多莉亞・甘德

Vincent　文森

Z

Zoe　柔依

幻想藏書閣

千年之咒：誓約（下）

原著書名／Stolen Songbirds (The Malediction Trilogy)
作　　者／丹妮爾．詹森（Danielle L. Jensen）
譯　　者／高瓊宇
企劃選書人／王雪莉
責任編輯／張婉玲、何寧

行銷企劃／周丹蘋
業務主任／范光杰
行銷業務經理／李振東
副總編輯／王雪莉
發 行 人／何飛鵬
法律顧問／元禾法律事務所　王子文律師
出版／奇幻基地出版
　　城邦文化事業股份有限公司
　　台北市 104 民生東路二段 141 號 8 樓
　　電話：(02)25007008　　傳真：(02)25027676
　　網址：www.ffoundation.com.tw
　　e-mail：ffoundation@cite.com.tw
發行／英屬蓋曼群島商家庭傳媒股份有限公司城邦分公司
　　台北市 104 民生東路二段 141 號 11 樓
　　書虫客服服務專線：(02)25007718．(02)25007719
　　24 小時傳真服務：(02)25170999．(02)25001991
　　服務時間：週一至週五09:30-12:00．13:30-17:00
　　郵撥帳號：19863813　　戶名：書虫股份有限公司
　　讀者服務信箱 E-mail：service@readingclub.com.tw
　　歡迎光臨城邦讀書花園　網址：www.cite.com.tw
香港發行所／城邦（香港）出版集團有限公司
　　香港灣仔駱克道193號東超商業中心1樓
　　電話：(852)25086231　　傳真：(852)25789337
　　e-mail : hkcite@biznetvigator.com
馬新發行所／城邦（馬新）出版集團
　　【Cite(M)Sdn. Bhd】
　　41, Jalan Radin Anum, Bandar Baru Sri Petaling,
　　57000 Kuala Lumpur, Malaysia.
　　Tel: (603) 90578822　Fax:(603) 90576622
　　email:cite@cite.com.my
封面設計／黃聖文
排　　版／極翔企業有限公司
印　　刷／高典印刷有限公司
■2017年（民106）8月31日初版
■2017年（民106）12月20日初版2.5刷
售價／250元

國家圖書館出版品預行編目資料

千年之咒：誓約（下）/ 丹妮爾．詹森（Danielle L. Jensen）作；高瓊宇譯. -- 初版. -- 臺北市：奇幻基地出版：家庭傳媒城邦分公司發行, 民106.08
冊；　公分
譯自：Stonlen songbird
ISBN 978-986-95007-3-9（下冊：平裝）

874.57　　　106012013

ISBN　978-986-95007-3-9

廣　告　回　函
北區郵政管理登記證
台北廣字第000791號
郵資已付，免貼郵票

104台北市民生東路二段141號11樓

英屬蓋曼群島商家庭傳媒股份有限公司城邦分公司 收

請沿虛線對摺，謝謝

奇幻基地

每個人都有一本奇幻文學的啓蒙書

奇幻基地官網：http://www.ffoundation.com.tw

奇幻基地粉絲團：http://www.facebook.com/ffoundation

書號：1HI110　　　　書名：千年之咒：誓約（下）

15 annual

奇幻基地15周年龍來瘋慶典

集點好禮獎不完！還可抽未來6個月新書免費看！

活動期間，購買奇幻基地作品，剪下回函卡右下角點數，集滿點數，寄回本公司即可兌換獎品&參加抽獎！

集點兌換辦法

2016年6月起至2017年12月20日前（郵戳為憑），奇幻基地出版之新書，剪下回函卡右下角點數，集滿點數貼至右邊集點處，寄回奇幻基地，即可兌換贈品（兌換完為止），並可參加抽獎。

集點兌換獎品說明

5點：「奇幻龍」書擋一個（寬8x高15cm，壓克力材質）

10點：王者之路T恤一件（可指定尺寸S、M、L）

回函卡抽獎說明

1.寄回集滿5點或10點的回函卡，皆可參加抽獎活動！回函卡可累計，每張尚未被抽中的回函卡皆可參加抽獎。寄越多，中獎機率越高！

2.開獎日：2016年12月31日（限額5人）、2017年5月31日（限額10人）、2017年12月31日（限額10人），共抽三次。

回函卡抽獎贈書說明

中獎後，未來6個月每月免費提供奇幻基地當月新書一本！

(每月1冊，共6冊。不可指定品項。)

特別說明：

1.請以正楷書寫回函卡資料，若字跡潦草無法辨識，視同棄權。

2.本活動限台澎金馬。

【集點處】

1	6
2	7
3	8
4	9
5	10

（點數與回函卡皆影印無效）

個人資料：

姓名：＿＿＿＿＿＿＿＿＿＿＿＿ 性別：□男 □女

地址：＿＿＿＿＿＿＿＿＿＿＿＿＿＿＿＿＿＿

電話：＿＿＿＿＿＿＿＿ email：＿＿＿＿＿＿＿＿

想對奇幻基地說的話：＿＿＿＿＿＿＿＿＿＿＿＿＿＿

請剪下右側點數，貼於集點處，集滿5點以上，即可寄回兌換抽獎

1p 2017